枕草子と漢籍

李 暁梅

溪水社

序文

李暁梅さんは、広島女学院大学文学部日本文学科に入学し、卒業論文では『枕草子』の音・声についてまとめ、それは修士論文でさらに発展させられた。このようなテーマを取り上げたのは、日本と中国の間における音・声の感覚の相違から着想を得たようである。私は、テーマとして面白く、『枕草子』を新しい視点から捉えることができるのではないかと思って奨励した。それは本書では、「第Ⅱ部　平安時代の夜の音の風景」として生かされている。本書は、博士論文の「枕草子研究―漢籍の典拠に基づいて―」に依っている。大学院終了後、本学総合研究所の特別専任研究員として勤務した間には、第Ⅱ部第三章のように、音・声の面から『源氏物語』にも領域を広げている。

本書は、『枕草子』を、『白氏文集』、「李嶠百詠」及び『和漢朗詠集』などの漢籍に基づいて、季節感に関わる植物として梨と桐の、また同じく季節感に関わる動物として郭公の捉え方、聴覚に関わる描写の特徴、漢籍を受容する方法、という三つの柱を立てて和漢の比較文学的考察を行ない、清少納言がいかに宮廷生活に即して美的に対象を捉えているかに迫ろうとしたものである。

本書の特色として「梨の花」の典拠とされる「長恨歌」以前の漢魏六朝時代の詩にも既に美女を「梨の花」に例えることは行なわれていること、また「桐の木の花」では元稹と白楽天の桐の詩よりも「李嶠百詠」の方が適当であることなど、従来よりも広く漢籍の世界を見渡し、それをきめ細かく分析し結論を導いていく方法はまことに堅実である。

『枕草子』の文章と表現の特質を、和漢比較文学的方法を用いて解明したことによって、漢籍を渉猟すると共に、漢籍との相違によって『枕草子』独自の発想を際立たせることができた。それは第Ⅰ部第三章の「ほととぎす」や、第Ⅱ部第二章の音・声を、生活に密着した美的なあり方として特徴付けたことに示されている。

また、本書の特色の一つは日本語の表現が適切であると共に豊かなことである。これは李さんが長く日本にいたことによるのであろうが、何より大学に入学以来模範的な学生として、勉学と研究にひたすら研鑽を重ねた結果であろう。

直接に音・声を取り上げるのではないにしても、「ほととぎす」や「朗詠」などは関わりがある。研究テーマとしては絞った方が明確になると思われる。また対象のあり方に即した形で和漢の比較をすることが求められるであろう。

日本文学科の留学生では初めて中学校及び高等学校の国語の免許も取得した。日本語日本文学科のスタッフも、李さんが博士の学位を取得して、上海の同済大学に勤務するようになったことを喜んでいる。日本の古典文学を中国文学・文化の側から見ることはより強固な拠り所になると思われる。資料が手に入りにくいなどのことはあろうが、今後も中国の地で教育研究によい仕事をしていってほしいと願っている。

二〇〇七年冬

藤河家　利昭

はじめに

本書は三部十一章からなり、和漢比較文学的研究の側面から、清少納言の漢籍の題材を捉える、または漢詩文を引用する目的及びその表現効果を漢籍の典拠に基づいて考察し、感性の豊富な『枕草子』の独自性を極めることを試みるものである。

『枕草子』における漢籍の受容状況について、田中重太郎氏の「枕草子に投影した海外文学」（注1）がある。矢作武氏はそれを参考に、さらに新説を加えたのが「枕草子の源泉――中国文学」（注2）とその後の、「古典籍からの影響」（注3）である。

池田亀鑑博士は「漢詩文の枕草子における引用のあり方は、単なる引用といったものを越えて、翻訳文学、さらに進んでは新しい文学領域の開拓となっている」（注4）と言っている。しかし、その新しい文学領域がいかに開かれているのか。筆者は漢詩文の意味を原典に返って押さえ、その場面と引用した漢詩文との関係、清少納言の達成したい表現効果と目的とを吟味することにポイントを置きたい。

以下に各章の内容に触れながら、まだ拙い論考ではあるが、その指し示す方向についての構想を立てておきたい。

『枕草子』では、「草は」「草の花は」「木の花は」「花の木ならぬは」「鳥は」「虫は」などの類聚的章段があるように、「木・草・鳥・虫」に関する題材を豊富に捉えている。これらの題材はただの無目的な羅列ではなく、一つ一つの「短評」を通して、そこには作者の「個」としての自覚した自然観照が現れている（注5）。しかし、作者がいかに自らの関心を示しているか、換言すれば、どのように実生活に密着してそれぞれの特徴を見つめているか。権威のある漢詩文を踏まえて、「木・草・鳥・虫」に関する題材を考えたのが第Ⅰ部である。「木の花は」段の「梨の花」条、「草は」段の「蓮葉」条、「花の木ならぬは」段の「檜の木」条と「鳥は」段の「鶯」条では、それぞれ白居易の名篇『長恨歌』の一句「梨花一枝、春、雨をおびたり」、許渾の詩句「翠扇」「紅衣」、方干の詩句をふまえた「五月に雨を学ぶ」などを引用している。「木・草・鳥・虫」が漢詩句を踏まえることを通して、知的な対象として述べるだけではなく、人間の実生活との距離が短縮されることや、人々に親しまれることに作者の主眼があると考えられる。

「桐」は中国の最初の詩集『詩経』にも出ているし、嵯峨の時代にすでに日本に伝わってきた『李巨山詠物詩』(『李嶠百二十詠』)にも出ている。清少納言は「木の花は」段の主題に即して、桐の紫色の花、大きな葉を描く一方、「桐の木」としての性質を特に重視している。このねらいは「こと木どもとひとしう言ふべきにもあらず」によって展開されている。他の木々と比肩できない「桐」は、霊鳥・鳳凰の唯一の棲む場所であり、最高の楽器・琴の他ならぬ材料であることが挙げられている。このような文章の展開は、詠物詩人李嶠が『桐』詩での「萋萋出衆林」を以って桐の特徴を詠んでいくのと相通じていると考えられる。

一方、鳥の代表である「ほととぎす」は、『枕草子』ではそれ以前の『古今和歌集』など和歌世界での捉え方と異なり、①祭りに欠かせない添え物として捉えられていること、②登場する時間や場所に具体性があること、③その美声に傾聴し、ほととぎすの鳴く心情を想像する表現を用いること、の三点が明白となる。清少納言は意図的に従来の和歌の世界から離脱し、自らの生活に融け込んだ、新たなほととぎすのイメージを創り上げようとしていると思われる。

ところで、漢詩文における杜鵑は作者の悲しい気持ちを掻き立てる役割として描かれている。詠む内容に関して、大きくは、国家の興衰、政権の交代を背景にして、過去の栄えを惜しむ杜甫の『杜鵑行』詩があれば、個人の場合、政治的な失脚、左遷された時、旅先での帰心の思いが深まる白居易の『琵琶行』詩がある。しかし、清少納言はほととぎすの悲しいイメージを抹消して、快活なほととぎす像を創り上げ、季節の最愛の鳥として情熱を込めて評価している。すなわち、ほととぎすによる季節の美感を引き立てるために、作者は和歌伝統をふまえ、ほととぎすを同じ季節の風物「五月雨」「花橘」「卯の花」と組み合わせている。その時季の年中行事――賀茂の祭り、端午の節供などに融合させ、作者にとってこの季節にほととぎすは無くてはならない、心通じ合う関係を築いていると思われる。

『枕草子』における聴覚的描写は、無内容な感覚であるという説(注6)がある一方、近年、視覚的感覚にともなう美しい子役たちである、という清少納言の美的感受性を評価する説(注7)が主流になっている。美学的視点から、平安王朝時代の夜の音の風景を考えたのは第Ⅱ部である。

清少納言は楽器の第一「琴」を一本一「夜まさりするもの」段に取り上げ、昼より夜の琴の声がまさるといっている。白居易の『清夜琴興』を中心に調べたところ、夜の琴の声は地上から上空へゆったり昇っていく、「興」のある物であって、明るい月夜こそ、琴の音色が最も引き立つ。その音色は決して賑やかなものではなく、あくまでも人の心底深くまでしみてくる、さらに天地自然のかなたまで響きあうひっそりとした「幽音」であることがうかがえる。この「物と時」の視点から「琴の声」が昼より夜のほうがまさる、という清少納言の捉え方は、日本漢詩文にも和歌文学にも長編物語『宇津保物語』『源氏物語』にも出てこない、清少納言の独特な感性の表現である。言い換えれば、彼女は物事の美を時間的な概念と結びつけて、独自に「樂の音」を心極めていると思われる。

また、人事の行動について、清少納言の感受性は特異である。彼女は自らの鋭敏な感性を活かして、意識して音を立てないように、丁寧に細かく遠慮深く振る舞うこと、いわば「しのびやかな」音声行為を褒め称えている。

例えば男が音を立てないように振る舞う「しのびやかな」男女の逢瀬を賞讃しており、女性が古歌を「しのびやかに」誦じる場面では、王朝特有の女性らしい柔らかさ、優婉さが表されている。特に、ものを隔てた向こうの音が「しのびやかに」聴こえ、それに深い興味、豊かな想像が加えられる場面々では、向こうの人も、聴く側の作者も、共通した美意識のもとで生じる「しのびやかな」音響が、雅やかに呈されていると考えられる。

比べて、『源氏物語』では源氏が春秋二度故常陸宮邸を訪れた際に、末摘花の琴を「ほのかに掻き鳴らし」と表現している。その荒れ果てた邸から伝わってきた、上手ほどとは言えないか細い音色は、月など情趣のある風景に調和されており、故常陸宮の姫君の正体を見届けるまで、「雨夜の品定め」以来、空蝉との「はかない縁」、夕顔との「匿名の恋」などを体験している源氏に美しい幻想を膨らませていると考えられる。

ところで、王朝人の奥ゆかしい美意識に対して、漢籍における「かすか（な）」音・声について、または音・声を小さく低く押さえて行動する意味を表すのには、どのような表現があるか、その表現にどのような価値観が託されているか。白居易の『琵琶行』を中心に「切切」「幽（咽）」「暗」「悄」の四つの表現についての考察を進める。これらの表現は辺りのもの淋しい雰囲気、またそれと一体になった作中人物や虫などの生き物の悲しい心情が表されているのである。このような表現効果は、決してそれぞれの一語彙が持っている意味を十分に発揮したからではなく、韻文であるゆえ、前後の文章の影響関係、豊富な比喩表現を共に運用することによる比重が大きいと思われる。

第Ⅲ部では、作者が当時の一流の文人から漢詩文にかかわる「試問」を即座に答えて評価を得た、いわゆる「自讃談」の章段と、漢詩文を誦じる「朗詠」の場面について考えたものである。

「草の庵を誰かたづねむ」、「早く落ちにけり」「空寒み花にまがへて散る雪に」などの「答」は、作者が「情景の設定」「作者側の出題に対しての反応・返答」「出題側の賛辞・打ち明け」「天皇・中宮様のお褒めの言葉」

といった順で、綴られていると思われる。その引き方は一概に言えないが、それぞれの「答」は作者なりに智恵を絞った結晶であり、中宮サロンの女房としての責任を果たした証であると考えられる。

また、漢詩文を誦じる「朗詠」の場面について、原典の意味を変えず直接に引く、原典の意味をそのまま取らず都合よく引く、「なにがし」「なに」などの不定代名詞でぼかして引く、といった引用の方法が捉えられる。概して、作者は男性貴族が独壇した文藝「朗詠」を明月のある情景に嵌め込み、絵画的な美を創り出し、高らかに繰り返して朗吟する声をただ一筋に歎美している。特に、殿上人たちが意気揚揚と中宮サロンへ集まり、またはそこを離れる時の場面々々が印象的であり、漢才が溢れる伊周、斎信の「朗詠」を一段と素晴らしく描いていると思われる。

清少納言が智慧を絞って懸命に追求しているのは、自分を取巻く四季折々の自然、人事の動き、さらに一心に奉仕する中宮サロンの様子を、いかに個性的かつ美感・知性が溢れるように表現するか、の一側面があると思われる。この目的を果たすために、表現の手法の一つは、男子の世界に属する「漢詩文」を手がかりにすることである。一代限りの美人楊貴妃の感泣した玉容を表現する白居易の詩句「梨花一枝、春、雨を帯びたり」を引いて、「梨の花」の価値を新たに構築している。中国の古典世界における「鳳凰は桐にしか棲まない」逸話を引用して、樹木としての「桐の木」の特質を強調し、その霊力を備えた格調の高さを認識させている。そして、日記的章段における詩句の引用、機智的な「答」が目前の現実とよく渾融し、女性なりに、彼女なりに、新しい調和的世界にまで昇華させている。その受容の仕方は新鋭で、肌で感じるほど親しみが生じ、知的興趣に関心が注がれている。この特徴がある故、千年以来『枕草子』が愛読され続ける所以であると思われる。

注1．田中重太郎「枕草子に投影した海外文学」(『国文学』昭和三十六年二月号)

2. 矢作武「枕草子の源泉——中国文学」(『枕草子講座4　言語・源泉・影響・研究』有精堂　昭和五十一年三月)
3. 矢作武「古典籍からの影響」(『枕草子大事典』枕草子研究会刊　勉誠出版　平成十三年四月)
4. 池田亀鑑「知性の文学としての枕草子―特に外国文学への関心について」(『国語と国文学』昭和二十一年十二月)
5. 上野理「枕草子『木の花は』考」(「平安朝文学研究」第2巻第10号　一九七〇年十二月)
6. 石田穣二「源氏物語における聴覚的印象」(『国語と国文学』昭和二十四年十二月)
7. 沢田正子「枕草子の音の美学」(『静岡英和女子学院短期大学紀要』一九八四年三月　巻十六)

本書は、広島女学院大学の二〇〇三年度博士論文(課程博士、文学)として発表した拙論に補筆したものである。博士論文の完成、および本書の出版に当たっては、まず指導教官藤河家利昭先生に、御礼申し上げる。学部時代から十数年にわたり、ご丁寧にご指導を頂いたことを心より感謝したい。

また、広島女学院大学に在籍中は、幸運なことに、優れた国文学者・漢文学者に恵まれた。県立広島大学(旧広島県立女子大学)名誉教授・文学博士の増田欣先生、神戸大学名誉教授・親和女子大学元学長の山崎馨先生、北京大学日本言語文化研究所元所長の孫宗光先生、奈良教育大学名誉教授の山内洋一郎先生、香川大学名誉教授の佐藤恒雄先生、広島大学名誉教授の藤原尚先生、藤井守先生から、ご教示を頂いた。記して厚く御礼申し上げる。

なお、本書の刊行にあたり、出版を快諾してくださった溪水社の木村逸司社長に、感謝申し上げる。

二〇〇七年八月三十一日

於上海宜川路　李　暁　梅

目次

第I部　木・草・鳥・虫

第一章　「木・草・鳥・虫」と漢詩文

――「木の花は」段の「梨の花」条を中心にして――

はじめに

『枕草子』の「木・草・鳥・虫」に関する類聚的章段は従来、和歌史における清少納言の自然観照が同時代の歌人のそれと同質かどうかという点で注目されている（注1）。広範囲に取り上げられている「木・草・鳥・虫」のなか、古歌や伝説などの他に、漢詩文・漢籍を踏まえて捉えた素材がある。矢作武氏の「枕草子の源泉――中国文学」（注2）では、「木の花は」段の「橘」「梨の花」「桐の木の花」、「花の木ならぬは」段の「檜の木」、「鳥は」段の「鸚鵡」「鶯」「鶴」、「虫は」段の「蠅」、「草は」段の「あやふ草」「蓮葉」、「草の花は」段の「さうび」（能因本）の典拠が挙げられている。三田村雅子氏は「見ること」と「漢詩文」の幸せの調和をうちだそうとする「木の花は」段と、素材の拡大と私的な「思ひ」をうちだそうとする「花の木ならぬは」段は、それぞれ違った方向性での歌枕創出の試みであった（「枕草子類聚章段の性格――〈名〉と〈名〉を背くもの――」）（注3）、と論じており、藤本宗利氏は『枕草子』の「典拠」表現は読者を説き伏せることを目的とした「読みの雛型」としての先行作品である（注4）、と論じている。

本章では、「木の花は」段の「梨の花」条を中心に、漢籍の典拠に基づいて、自然と人事とのかかわりの側面から「木・草・鳥・虫」に託された作者の志向について考えてみたい。

一　「木の花は」段の「梨の花」条

まず、「梨の花」条の本文を引く。

梨の花、世にすさまじきものにして、近うもてなさず、はかなき文つけなどだにせず。愛敬おくれたる人の顔などを見ては、たとひに言ふも、げに葉の色よりはじめてあはひなく見ゆるを、唐土には限りなき物にて、文にも作る、なほさりともやうあらむと、せめて見れば、花びらの端にをかしきにほひこそ、心もとなうつきためれ。楊貴妃の、帝の御使に会ひて、泣きける顔に似せて、「梨花一枝、春、雨を帯びたり」など言ひたるは、おぼろけならじと思ふに、なほいみじうめでたき事は、たぐひあらじとおぼえたり。（八七頁）（注5）

清少納言は、梨の花を人間の日常生活、特に女性の「顔」に関連づけて文章を展開しており、日本における梨の花の扱い方と中国におけるそれとの相違を論じている。日本では、梨の花が普段の生活から遠ざかって、花に手紙などをつけて贈る風流なことと無縁のものだけでなく、魅力のない女性の「顔つき」をみて、皮肉る場合にも用いられている。その一方、中国では、梨の花が最高の花として漢詩文に詠まれている。作者は漢詩文から、梨の花に対する日本における従来の扱い方や見方を、新たに見直そうとしている。

その具体的な見直し方は、作者が自らの行動で花の姿を確かめたことと、人気のある中国の文学作品を引証したことである。すなわち、実際に梨の花に近付き、花の姿や形などを細かく観察するという行動をもって、花びらの周辺に蒴から発散した紫の粉が点々と付いていることを発見しているのである。それに、白居易の名作「長恨歌」に出ている「梨花一枝、春、雨をおびたり」の詩句を引いている。漢詩文における梨の花は日本と違って、楊貴妃のような絶世の美人の愁いの表情「顔」を表現する最適な素材であることに深い関心を示しているが、白居易のこの捉え方に対して、作者は「なほいみじうめでたき事は、たぐひあらじとおぼえたり」という最高の賛辞を呈して、梨の花が格別の花であることを改めて評価するのである。

梨の花を女性の「顔」に重ね合わせて文を起こし、絶世の美人――楊貴妃の愁いの表情「顔」を形容する名句「梨花一枝、春、雨をおびたり」をもって文を締め括っている。途中、逆接を表す「を」を用いて、「唐土には限りなきものにて、文にも作る、なほさりともやうあらむと」を引き出し、漢詩文を通して梨の花の利点や価値を生み出そうとしている。

では、漢詩文における「梨の花」は、いったいどのように詠まれているのであろうか。（以下は、「梨の花」を「梨花」と称する。）

漢魏六朝時代まで遡って、梨花は牡丹、菊、蘭ほどには多く詠まれてはいない。調べ当たった数少ない梨花の題詠詩の中から、さらに清少納言が披見しうる範囲を限定すると、唐・欧陽詢撰『芸文類聚』巻八六・果物部（上）「梨」条においては、宋・孝武帝（453〜464）の「梨花賛」詩と、梁・劉孝綽（481〜539）の「詠梨花應令」詩の二首が見出される。まず、この二首から読んでみる（注6）。

梨花賛　　孝武帝

沃瘠異壌　　沃瘠《ヨクセキ》　壌を異にし
舒惨殊時　　舒惨《ジョサン》　時を殊にす
惟氣在春　　惟《これ》氣春に在りて

具物合滋　物を具《そな》へ　滋《しげ》れるを合す
嘉樹之生　嘉樹の生ずるは
于彼山基　彼の山の基《もとゐ》にあり
開栄布釆　栄《はな》を開き　采《さい》を布《し》き
不雑塵緇　塵緇《じんし》を雑《まじ》へず

土地には、肥えたところもあれば、瘠せたところもある。時には、心が伸びてゆったりする場合もあれば、苦しく辛い場合もある。ところで、梨の木は春にみなぎって、花が満開し、麗しさが増しており、立派な樹木として山の麓にしっかりと根付いて繁茂する。艶麗な花を咲かせて、彩りを布かせる。清潔な梨花は黒く染まることもなく、上品で美しい。

詠梨花應令　劉孝綽

玉壘称津潤　玉壘　津潤を称へ
金谷詠芳菲　金谷　芳菲を詠む
詎匹龍楼下　詎《なん》ぞ匹《たぐ》ひせん　龍楼の下
素蕊映華一作朱扉　素蕊　華扉に映ずるに
雑雨疑霰落　雨に雑じりて　霰の落つるかと疑ひ
因風似蝶飛　風に因りて　蝶の飛ぶに似たり
豈不憐飄墜　豈飄り墜つるを憐まざらんや
願入九重闈　願はくは　九重の闈に入らんことを

玉そのものだといわれる玉壘山の石も、梨花の潤いを褒め称え、石崇を中心とした金谷詩会も、梨花のしっとりとした姿を詠み競う。花びらは龍楼の下に集まり、大邸の華やかな玄関に映る。散る姿は雨に交じる霞のように思われ、風に乗ると蝶のように見える。漂っている姿が憐れに感じられるが、もしできれば宮中に入ることを望む。

孝武帝と劉孝綽の両者とも、世俗から離れた梨花の高貴な性質を詠んでいる。よい環境で立派に成長し、春の季節に花が麗しく満開する、世俗に混じることもない清潔な梨花を孝武帝は賞賛している。劉孝綽では高貴な場所を意味する「龍楼」「華扉」が出ているように、梨花の純白な姿を美女に喩え、貴族・皇室に素晴らしく映る花として描いているのである。

白居易に戻り、彼自身の「梨花一枝、春、雨をおびたり」（「長恨歌」）一句のほか、さらに読み進むと、次のような七首にも「梨花」を取り上げている（注7）。

1. 梨花園中冊作妃（0132「胡旋女」）
2. 手把梨花寒食心（0161「陵園妾」）
3. 梨花結成実（0408「春暮寄元九」）
4. 風香露重梨花湿（0682「寒食月夜」）
5. 梨花有思縁和葉（0768「江岸梨花」）
6. 青旗沽酒趁梨花（1364「抗州春望」）
7. 四隣梨花時（3002「寒食」）

詩の題目からも一目瞭然であるが、白居易は度々寒食節と重ねて梨花を詠んでいる。寒食節とは中国古来清明節の前日からの三日間冷たいものを食べることである。まだ寒いこの頃に、春の兆しとしての梨花が咲き満ちているのである。感傷詩「寒食月夜」（0682）はその前の「寒食病臥」詩などによれば、作者白居易が病に臥した頃の作であり、「寒食」(3002)は、作者が退官して故郷に帰った時の作である。どちらも一抹の寂しさが漂っている。

女性の悲しい運命を憐れんで詠んだのが、「陵園妾」(0161)と「江岸梨花」(0768)である。讒言によって、天子の陵墓に奉仕して終身幽閉された「陵園妾」は、涙に掻き暮れる愁いの表情を秋の菊と春の梨花に喩えている。「江岸梨花」は若く美しい寡婦の白い着物に碧紗の裙をつける姿を、梨花の白い花と緑の葉に見立てている。

すなわち、白居易が捉えた梨花は季節に関わりながらも、作者自身の感傷、または美女の悲しい運命、愁いの表情を表している。「長恨歌」の「梨花一枝、春、雨をおびたり」はその延長線上にある特異な一表現と言えよう。なお、当時には梨花を楊貴妃に直結する考えがあったようである。例えばその例としては、白居易と同時代に活躍した詩人・張祜(792～852?)が、玄宗皇帝の兄・寧王の笛を盗んで吹く楊貴妃を「梨花」と呼んでいたのである。

梨花深院無人見　　梨花《りか》　深院《しんいん》　人の見《み》るなし
閑把寧王玉笛吹　　閑《しづ》かに寧王の玉笛《ぎょくてき》を把《と》りて吹《ふ》く(注8)

このように、漢魏六朝時代から梨花は清潔な花として、その純白な麗しい姿と高貴な性質が賞賛されており、美女に喩えて高貴な場所に映える艶麗な花として詠まれている。白居易はこのような美意識を基にして、玄宗皇帝に寵愛された絶世の美人楊貴妃の感傷に沈む表情を「梨花一枝、春、雨をおびたり」と描き出したのである。『枕草子』では「長恨歌」からの引用は、この「梨の花」条のみである。平安期当時、和歌をはじめ『源氏物語』などに色濃く投影したこの名作をいかに取り込むかは、清少納言自身が苦心したところであろう。梨花を女性の「顔」に重ね合わせる方法を取り、漢詩文における「梨花一枝、春、雨をおびたり」に立脚したのである。換言すれば、喩えとして亡き楊貴妃の感泣する玉容を描いた「梨花一枝、春、雨をおびたり」を導きだし、「梨花」への最高級の褒め言葉をもって、その高貴な性質を賞賛する構想である。

特に、「梨花一枝、春、雨をおびたり」一句は、楊貴妃生前の場面ではなく、亡き楊貴妃が玄宗皇帝の御使いに会った時の、寂寞の表情、感泣した玉容を描くものである。玄宗皇帝と楊貴妃との、現世も来世も永遠の愛を誓い合う、感動のシーンを読者に蘇らせる表現効果が生じる。この発想は巧妙で新味があり、知性が溢れる。よって、疎遠とされた梨の花との距離を短縮し、読者に親近感を持たせるという創作意図が反映されているのである。

この点に関連して、「草は」段の「蓮葉」、「花の木ならぬは」段の「檜の木」、「鳥は」段の「鷺」についても、清少納言の動植物への思い入れを考えてみたい。

二　「草は」段の「蓮葉」条

蓮葉、よろづの草よりもすぐれてめでたし。妙法蓮華のたとひにも、花は仏にたてまつり、実は数珠に貫き、念仏して往生極楽の縁とすればよ。また花なきころ、緑なる池の水に紅に咲きたるも、いとをかし。翠《すゐ》翁紅《をうこう》とも詩に作りたるにこそ。（一一九頁）

清少納言は蓮葉の真中に咲いている紅い花に焦点を当てて、そのめでたさと美しさを褒め称えている。一つは、蓮の花が妙法蓮華の喩えとして、仏に奉る往生極楽と縁の深い花であって、もう一つは、花の咲かない季節に、緑の池水の上に、蓮の花だけは美しく咲くことである。特に、紅い花が緑の池水の上に咲くというイメージを引き立てるために、作者は漢詩に詠まれている「翠翁紅」を引いて、興味と関心を示している。

「翠翁紅」の出典について、昭和五十年代以来の諸註釈は、矢作武氏の説に従っている。即ち、「翠翁紅」は未詳とされているが、和漢朗詠集上、蓮に見える許渾「煙開㆓翠扇㆒清風暁、水泛㆓紅衣《エ》㆒白露

秋」（秋晩雲陽駅西亭蓮池）の「翠扇紅衣」の、後人の書写の誤りではなかろうか。（注9）

『和漢朗詠集』（注10）の「蓮」項目に撰されている七句をみると、美的かつ視覚的に蓮の花の可憐なイメージを捉えたのは、許渾の詩句のみである。この点をより明確するために、この七句を挙げてみる。

175　風荷の老葉は蕭条として緑なり
　水蓼《すいれう》の残花《ざんくわ》は寂漠として紅なり　白
　　風荷老葉蕭条緑　水蓼残花寂漠紅　白〔文集・佳句〕

176　葉展《の》びては影翻《ひるがへ》る砌《みぎり》に当る月
　花開《ひら》けては香散《かさん》ず簾に入《い》る風　白
　　葉展影翻当砌月　花開香散入簾風　白〔文集・佳句〕

177　煙りは翠扇を開く清風の暁
　水は紅衣を泛ぶ白露の秋　許渾《きょこん》
　　煙開翠扇清風暁　水泛紅衣《エ》白露秋　許渾〔丁卯集・佳句〕

178　岸竹条《がんちくえだ》低《た》れり鳥の宿《しゅく》するなるべし
　潭荷《たんか》葉動く是れ魚《うを》の遊ぶなり　在昌
　　岸竹条低応鳥宿　潭荷葉動是魚遊　在昌

179　何に縁《よ》ってか更に呉山の曲《くま》に覓《もと》めん
　便《すなは》ち是れ吾が君の座下《ざか》の花なり　千葉の蓮
　　縁何更覓呉山曲　便是吾君座下花　千葉蓮

180　経には題目たり仏には眼《まなこ》たり

知る汝は花の中に善根を植ゑたりといふことを　為憲

経為題目仏為眼　知汝花中植善根　為憲　〔本朝麗藻〕

181　はちす葉の濁りにそまぬ心もてなどかは露を珠とあざむく　〔古今集・六帖・遍昭集〕

一七五番も色彩表現の「緑」と「紅」を用いているが、しぼみ落ちる蓮花のもの寂しい様子を捉えている。一七六番は、蓮の花が咲くと、立ち込める芳香が風と共に、簾に吹き寄せてくる、といい、蓮の花の「香」を詠んでいる。一七八番は、動的な蓮の葉を描いている。蓮葉が揺れ動いているのは、池中の魚が遊び泳いでいるからだ、という。一七九番は、屏風に描かれた蓮花を題材にした、天皇を褒め称える句である。一八〇番は、他の花が及ばない、ただ蓮だけは妙法蓮華という題目に入っており、仏の眼に喩えていると、仏事に関係の深い蓮の道徳を取り立てて褒め称えている。最後の一八一番は、泥水の中から出ているのに、その汚れにも染まらない蓮葉の清らかさと、その上に降りる珠のように光る露の美しさをうたっている。

比べて、一七七番の許渾の句は独自な一面が際立っている。すなわち、さわやかな風が吹き渡る夜明け、蓮の葉は白い靄が立ち込める辺りに、緑の団扇のように開いており、白く光って見える露が降る秋の頃、蓮の花は水の上に、女の子の紅い衣のように浮かべて咲いている。夏に開く蓮の葉を扇に、秋に咲く花を衣に見立て、「翠」と「紅」の色彩語を効果的に駆使して、蓮葉の美しい姿と花の可愛らしい様子が巧みに描き出されている。

また、この許渾の一句は、『和漢朗詠集』より先に成立した大江維時撰『千載佳句』(注11)（九六〇年頃）の「蓮」項目に撰されている三句のうちの一句でもある。

六五一　葉展《ノヒテハ》影翻ル當レル砌ニ月　花開《イテハ》香散《サンズ》入レル簾ニ風　（白「階下蓮」）

六五二　煙ハ開ク二翠扇ヲ一清風ノ暁　水ハ泛ブ二紅衣《エ》ヲ一白露ノ秋　（許渾「蓮花」）

六五三　廻風向レフ暁ニ平湖ノ上　引キ得タリ荷花ノ隔テレ浦ヲ香《ホシキ》ヲ　（崔建「夏日」）

六五一番（『和漢朗詠集』の一七六番）も六五三番も、蓮の可憐な姿ではなく花の「香り」を詠んでいるのである。

このように、許渾の詩句のみは比喩的表現「翠扇」「紅衣」を以って、蓮の葉と花の可憐なイメージが描かれている。清少納言は他ならぬこの一句を選び、原詩の季節にかかわる部分を取らず、蓮の葉の広がりによって見える緑の水面を「翠扇」に、その上に咲いている蓮花を少女の着物「紅衣」に喩えている。鮮やかな色合い、親しみやすい「蓮葉」のイメージを捉えることによって、「よろづの草よりもすぐれてめでたし」という主題を視覚的に表現しようと意図しているのである。

三　「花の木ならぬは」段の「檜の木」条

檜の木、またけ近からぬ物なれど、「みつばよつばの殿づくり」もをかし。五月に雨の声をまなぶらむも、あはれなり。（九二頁）

檜の木には強度と耐久性があり、弾力性と靭性に富む。昔から高級建築材として神社仏閣の建築には欠くことができない。清少納言は催馬楽「この殿」の一節「みつばよつばの殿づくり」を引いて、実生活に密接に関わる檜の木の独特な一面を賞賛する一方、漢詩文を踏まえた表現「五月に雨の声をまなぶ」を通して、檜の木を生き物として形象化し、その情趣のある一面にしみじみと感動したのである。

周知のように、金子彦二郎氏のご指摘によって、「五月に雨の声をまなぶ」は、晩唐詩人・方干の七言律詩「題陶詳校書陽羨隠居」に拠っていることが、明らかにされている。そして、方干の詩全体、特に「五月に雨の声をまなぶ」一句をいかに正しく理解すればよいかは、小島憲之氏が「出典の周辺――清少納言の『雨声を学ぶ』」（注12）で詳細に論述されている。説明の便宜上、まず方干の詩全文を引いておく。

①芸香署裏従容歩　　芸香の署裏に　従容として歩み
②陽羨山中嘯傲情　　陽羨の山中に　傲情を嘯《うそぶ》く
③竿底紫鱗輸釣伴　　竿底の紫鱗は　釣伴を輸《いた》し
④花邊白犬吠流鶯　　花邊の白犬は　流鶯に吠ゆ
⑤長潭五月含冰気　　長潭　五月　冰気を含み
⑥孤檜中宵学雨声　　孤檜　中宵　雨声に学ぶ
⑦便泛扁舟應未得　　便ち　扁舟を泛ぶるも　應ずること未だ得ず
⑧鴟夷棄相始垂名　　鴟夷は　相を棄てしより　垂名始まれり（注13）

この詩は、陶詳校書が陽羨の山中に入り、山と水とに囲まれた隠居地での生活とその辺りの景色を詠んでいる。③④の頷聯「竿底紫鱗輸㆓釣伴㆒、花邊白犬吠㆓流鶯㆒」は、隠居処辺りののどかな自然の風景であるのに対して、⑤⑥の頸聯「長潭五月含㆓冰気㆒、孤檜中宵学㆓雨声㆒」は、触覚と聴覚で捉えた肌寒く、荒々しい山中の夜の情景である。特に清少納言が引用した「孤檜中宵学㆓雨声㆒」について、小島憲之氏は、

> 方干の詩句は、「檜の木を吹く風が雨の音を学ぶ、雨のような音をたてている」情景を述べたのであり、ザワザワとかなり動きのある夜中の情景といえよう。清少納言の「五月に雨の声を学ぶ」も、この意にほかならない。

と、結論を出している。しかし、どうして清少納言は方干の詩句を引こうとしたのであろうか。注意すれば、『千載佳句』の「水樹」項目に属しているこの句のほかに、「檜」項目には

六一九　高《ク》臨《ミテ》二日《ハ》戸《ニ》一秋雲《ノ》影　静《カニ》入《ツテ》二風《ハ》簾《ニ》一夜雨《ノ》聲（張祜「告雙檜」）（注14）

とみえる。張祜も静かな夜の檜の木の、雨が降るような風に吹かれる音を捉えている。同一書籍に撰された同じ趣向の詩句なのに、清少納言は「學《ブ》二雨聲《ヲ》一」を選択している。その目的は「学」の一語にあるのではないかと考えられる。

小島憲之氏は、「『学』の語は『まなぶ』（まねぶ）『まねる』の意から『似る』の方向への過程にある。『孤檜』が『學《ブ》二雨聲一』とは、『雨声を学ぶ』、『雨声に似る』ことになる。」と指摘されている。

『岩波古語辞典（補訂版）』によれば、「まなぶ」も「まねぶ」も「マネ」（真似）と同根であるが、「学ぶ」は「主に漢文訓読体で使う語。教えられる通りまねて、習得する意。類義語ナラヒは繰り返し練習することによって身につける意。」「まねぶ」は「興味や関心の対象となるものを、そっくりそのまま、真似て再現する意。」という。（注15）

従って、「学ぶ」の語は意識的な働きが大いに含まれているように思われる。「孤檜學《ブ》二雨聲一」は、雨が降る様子も音声も積極的な強い意識をもって、自分自身の知識とか、あるいは技術として習得しようとする擬人化された「孤檜」像が描かれている。逆に、「まねぶ」になると、例えば、「鳥は」段の鸚鵡について「人の言ふらむことをまねぶらむよ。」（九五頁）の一文があるように、「まねぶ」は鸚鵡が意識的な働きがなくて、ただ単に人間の言うことを機械的に反射的に反復することを意味しているのである。

それに、「学レ雨」の詩想は当時の『江吏部集』などをはじめ、清少納言の周辺に幾らも存在しているが、彼女は方干の原詩の二つの自然風景「長潭五月冰気を含み」「孤檜中宵雨声に学ぶ」を一つに融合し、「雨の声を学ぶ」

を「五月に」と限定している。言い換えれば、普段、聞き慣れてきた「五月の雨声」に密接した捉え方によって、「またけ近からぬ」檜の木がより一層親しまれるようになったのである。

ここで、確認しなければならないのは、中国詩文に詠まれた「檜」は実は日本のイブキ（柏槙）のことである。牧野富太郎著『新日本植物図鑑』272「ひのき」と285「いぶき」によれば、「ひのき」の漢名は「扁柏、檜ともに正しくない」ということがわかる。(注16)

また、『詩経』(衛風)「竹竿」詩には

淇水悠悠　檜楫松舟　　淇水は悠悠とながれ　檜の楫に松の舟
駕言出遊　以寫我憂　　駕して言に出遊し　以て我が憂を寫かん(注17)

という一節があり、「檜楫松舟」についての「語釈」では

檜楫松舟　檜の櫂と松の舟。「檜」は柏葉松身の木（毛伝）。俗名ビャクシン、ヒノキではない（江村如圭）。」

と記している。

このように、清少納言は昔から高級建築材としての、日本の檜をさす催馬楽「この殿」の一節「三つ葉四つ葉の殿づくり」を引いて、人間とのかかわりをもつ檜の実用性を述べた上で、中国の檜、いわゆる日本でいうイブキ（柏槙）を詠む方干の詩句「學ブ㆓雨聲㆒」をふまえて、風に吹かれた檜の枝などの、五月雨の降るような音がする特徴を捉えている。「学ぶ」の一語をもって、檜の木の生態を生き生きと描写しており、平素は疎遠とされる樹木を人々に親近感を持たせたいとの作者の意図が反映されているのである。

四　「鳥は」段の「鶯」条

鶯は、①文などにもめでたきものに作り、声よりはじめて、さまかたちもさばかりあてにうつくしきほどよりは、九重のうちに鳴かぬぞいとわろき。人の、「さなむある」と言ひしを、「さしもあらじ」と思ひしに、十年ばかり候ひて聞きしに、まことにさらに音《おと》せざりき。さるは、竹近き紅梅もいとよく通《かよ》ひぬべきたよりなりかし。まかでて聞けば、あやしき家の見どころもなき梅《むめ》の木などには、かしがましきまでぞ鳴く。②夜鳴かぬもいぎたなき心地すれども、今はいかがせむ。③夏秋の末まで老い声に鳴きて、「むしくひ」など、ようもあらぬ者は名をつけかへて言ふぞ、くちをしくくすしき心地する。それもただ雀などのやうに常にある鳥ならば、さもおぼゆまじ。春鳴くゆゑこそはあらめ。「年たちかへる」などをかしきことに、歌にも文にも作るなるは。なほ春のうち鳴かましかば、いかにをかしからまし。人をも、人げなう、世のおぼえあなづらはしうなりそめにたるをばそしりやはする。鳶《とび》、烏などのうへは見入れ聞き入れなどする人、世になしかし。されば、いみじかるべきものとなりたればと思ふに、心ゆかぬ心地するなり。

祭のかへさ見るとて、雲林院、知足院などの前に車を立てたれば、郭公も忍ばぬにやあらむ、鳴くに、いとようまねび似せて、木高《こだか》き木《き》どもの中にもろ声に鳴きたるこそさすがにをかしけれ。（後略）（九六頁）（記号と傍線は筆者。）

「鳥は」段で作者がもっとも筆を費やしているのはこの鶯である。それは後に登場する、作者にとって好ましい鳥・ホトトギスを引き立てるために、たとえ素晴らしい立派な鳥・鶯に対して深い愛着の念を持っていても、あえて自らの生活意識に基づいて不満を覚える点を具体的に述べるからである。その鶯の欠点について、①「宮中に鳴かない」②「夜は鳴かない」③「春以外の季節にも鳴く」の三点が挙げられているが、より詳細にその理由を加えたのは、①と③である。

①「宮中に鳴かないこと」について、作者は「九重のうちになかぬぞ」を以って、漢詩文における鶯のイメージを説得力のある実体験と照らし合わせて描く。即ち、漢詩文では、鶯がその美声と美貌をもって宮中に相応しい、めでたい鳥として賞賛されている。しかし、作者自身の体験では、十年ほど宮中に仕えて聞いたのに、まったく音もしなかった。逆に、宮中から退出して聞くと、賤しい民家の粗末な梅の木に鳴いていた。作者は自分の望んだ生活時空間に現れるか否かを基準に、宮中に奉公した間に鳴いてくれなかった鶯を「いとわろし」と評している。この評価には「鶯」が漢詩文に詠まれたように、中宮定子を中心とした華やかな宮中で美声を披露してくれるなら、どんなに素晴らしいことであろう、という宮中を賛美する心情が託されているのである。

②「夜は鳴かないこと」と③「春の鳥といわれているのに、夏秋も鳴く」の二点は、ウグイスの習性まで細かく観察する作者の姿勢が伺えるが、その鳴き声に関する描写「いぎたなき心地す」る、「老い声」で鳴くといった擬人的な表現からは、想像をこめた作者の残念な思いが表されている。特に「老い声に鳴く」という表現は、北山円正氏が指摘されたように（注18）、当時よく知られた日本漢詩文などから直接取り入れられており、夏秋の末頃、鳴き慣れてきた年寄りくさい「老鶯」のイメージが描かれている。とはいえ、鶯はやはり第一等の鳥である。作者は興趣深い春の鳥として和歌にも漢詩文にも作ったりすることを論拠に、ただただ「なほ春のうちならましかば、いかにをかしからまし」という願いを訴えるばかりである。

漢詩文にかかわる「九重のうちになかぬぞ」について、北村季吟は日本漢詩と和歌の用例を挙げながら、次のように解している。

是清少の中宮に侍りし頃など、自然なかざりしなるべし。必ず内裏になかぬにはあらず。朗詠に宮ノ鶯囀《サヘヅル》二暁天一といふ題にて、西楼《ロウ》ニ月落《チヌ》花ノ間ノ曲、中殿ニ灯残《ノコレリ》竹ノ裏ノ声、と菅三品の作り給へり。又拾遺集に、醍醐の帝の御前の五葉に鶯のなきけるを、「松のうへに鳴く鶯の声をこそ初ねの日とはいふべかりけれ」とよみし事もあるをや。(注19)

その一方、中国の古典詩文に詠まれた「黄鳥」「黄鶯」「黄鸝」は、コウライウグイスという鳥であるが、鳴き声は滑らかで抑揚があり、羽色は黄色で美しい。豪華絢爛たる宮中にもっとも相応しい鳥として愛されている。唐代の詩文では、秦の始皇帝が造り漢の武帝が整備拡張した「上林苑」を賛美する景物として、しばしば登場している。例えば、孫處の『詠黄鶯』詩(注20)には、

乍離幽谷日　　乍ち　幽谷を離れる日に
先囀上林風　　先づ　上林の風に囀る

とあり、幽谷から出たばかりの黄鶯は、他ならぬまず上林苑で飛び回り、美声でもって春の到来を告げるのである。また、陸扆の『禁林聞二暁鶯一』(注21)には、

曙色分層漢　　曙の色は　層漢を分けて
鸎聲繞上林　　鸎の聲は　上林を繞る
報花開瑞錦　　花を報じて　瑞錦開き
催柳綻黄金　　柳を催して　黄金綻ぶ

と出ていて、鶯の美声によって、上林苑の花々が続々と咲き、柳の蕾が開き染める、と描いている。さらに、潯陽城に左遷された白居易にも、流寓の地で鶯の鳴き声を初めて耳にして、禁中にいた日々を思い出した『聞早鶯』詩がある。

日出眠未起　　日出《い》づるも眠りて　未だ起きず
屋頭聞早鶯　　屋頭早鶯を聞く
忽如上林暁　　忽ち上林の暁
萬年枝上鳴　　萬年枝上に鳴くが如し
憶為近臣時　　憶ふ近臣たりし時
秉筆直承明　　筆を秉りて承明に直す
春深視草暇　　春深くして　視草の暇《いとま》
旦暮聞此声　　旦暮　此声を聞く
今聞在何處　　今聞く　何《いづれ》の處にか在る
寂寞潯陽城　　寂寞たる潯陽城。
鳥声信如一　　鳥声　信に一なるが如し
分別在人情　　分別人情に在り
不作天涯意　　天涯の意を作さずんば
豈殊禁中聴　　豈に禁中の聴に殊ならんや（注22）

かつて天子の近臣となり、筆を持って承明盧に宿直していた頃、詔を草する暇に朝晩この声を聞いたものであったが、今は寂寞たるこの潯陽城で聞くことになった。鳥の声はどこで聞いても変わりのあるはずはないが、聞く人の感情によって相違が生ずる。そうであれば、天涯の貶客を悲しむ心さえ起こさなければ、禁中で聴くと同じである、と感慨しているのである。

もう一つの、日本漢詩文における「老い声に鳴く」という表現について、菅原道真は春を惜しむ詩に「鶯も老いる」を取り上げている。

惜春何到曲江頭　春を惜《をし》みて何《いか》にぞ到らむ　曲江の頭《ほとり》
遥憶羽觴浪上浮　遥に憶ふ　羽觴《うしやう》の浪の上に浮びしことを
花已凋零鶯又老　花《はな》は已《すで》に凋《しぼ》み零《お》ち　鶯もまた老ゆ
風光不肯為人留　風光　肯《あ》へて人のために留《とどま》らず（注23）

花も凋み落ち、鶯の鳴き声も老いになる。四季のうち、最もよい季節・春が過ぎ去ろうとしている。王羲之の蘭亭の故事をはるかに追懐して、残春を惜しむ題意をうたっているのである。

このように、清少納言は自らの生活意識に基づいて、漢詩文で詠まれた鶯のイメージを裏付けにして、実生活におけるウグイスの在り様の欠点を数えている。その目的は、あくまでも作者にとって好ましいホトトギスを引き立てるためであり、ホトトギスの添え物として描こうとしているのである。それに、鋭敏な観察力と豊かな想像力を生かして、「いぎたなき心地すれども」「老い声に鳴きて」「いとようまねび似せて」などの擬人的な表現を用いることによって、作者の生活時空間に現れる小鳥の鳴く生態がいきいきと表現されているのである。

おわりに

清少納言は「木・草・鳥・虫」について深い関心を抱いている。この思いが「花の木ならぬは」段と「跋文」「この草子、目に見え心に思ふ事を」で、

・をりにつけても、一ふしあはれともをかしとも聞きおきつるものは、草・木・鳥・虫も、おろかにこそおぼ

えね。(後略)(九四頁)

・ただ心一つにおのづから思ふ事をたはぶれに書きつけたれば、(後略)(四六八頁)

と見える。草も木も鳥も虫も興味深く大切にすること、伝統的な手法や様式などに拘泥せず、心底から湧いてきた独自な思いを率直に綴る考えを述べている。

「木の花は」段の「梨の花」を中心に、「草は」段の「蓮」、「花の木ならぬは」段の「檜の木」と「鳥は」段の「鶯」を見て来たように、この思いをよりよく表現するためには、権威のある漢詩文を踏まえながら「木・草・鳥・虫」を人間の実生活に密接させ、人々に親近性を持たせる、という作者の創作姿勢がうかがえる。

即ち、「梨の花」については、女性の顔に重ね合わせて、『長恨歌』における亡き楊貴妃の感泣する玉容を描いた一句「梨花一枝、春、雨をおびたり」を引用している。それにより「梨の花」の高貴な性質を賞賛し、疎遠とされた梨の花との距離を短縮することになるのである。

許渾の詩句「翠扇」「紅衣」を引用した「蓮」条では、蓮葉の広がりによって見える緑の水面を「翠扇」に、その上に咲いている蓮花を可愛らしい少女の着物「紅衣」に喩えている。鮮やかな色合いの「蓮」のイメージが一層親しみやすく捉えられているのである。

そして、方干の詩句をふまえた「五月に雨を学ぶ」は、風に吹かれた檜の枝などの、五月雨の降るような音がする特徴を捉えていて、意識的な働きをもつ「学ぶ」の語で、平素疎遠とされた檜の木の生態が生き生きと描写されているのである。

ポピュラーな題材である「鶯」になると、作者が自らの生活意識に基づいて、漢詩文で詠まれた鶯のイメージを裏付けにして、実生活における鶯の在り様の欠如を数えている。それに、鋭敏な観察力と豊かな想像力を働かせて、「いぎたなき心地すれども」「老い声に鳴きて」「いとようまねび似せて」などの擬人的な表現を用いることによって、作者の生活時空間に現れる小鳥の鳴く様態が表現されているのである。

要は、「木・草・鳥・虫」が漢詩文などを踏まえることを通して、知的な対象として述べるだけではなく、人間の実生活との距離感が短縮されることや、人々に親しまれることに作者の主眼があると思われる。

注

（1）「木・草・鳥・虫」各段について論じた先行研究として、風巻景次郎「枕草紙に於ける自然観照の性質」（「文学」第三巻八號　一九三五年八月）、秋山虔「枕草子」（『岩波講座　日本文学史3』一九五九年六月）、岸上慎二校注『校注古典叢書　枕草子』（明治書院　一九六九年四月）、上野理「『木の花は』考」（「平安朝文学研究」第2巻第10号　一九七〇年十二月）、杉山重行「枕草子の類聚的章段」（『枕草子講座』一巻　一九七五年十月）、三田村雅子「枕草子類聚章段の性格――〈名〉と〈名〉を背くもの――」（「平安朝文学研究」〈復刊〉第1巻第2号　一九八三年十月）、藤本宗利「『木の花は』の漢籍典拠の特質」（『枕草子研究』風間書房　二〇〇二年二月）、鈴木日出男「後宮の文学――枕草子・紫式部日記　三　類聚章段」（『岩波講座　日本文学史2』一九九六年七月）などが挙げられる。

（2）矢作武「枕草子の源泉――中国文学」（『枕草子講座4　言語・源泉・影響・研究』有精堂　昭和五十一年三月）一三三～八頁。

（3）注1に同じ。

（4）注1に同じ。

（5）本文の引用は松尾聡・永井和子校注・訳『新編日本古典文学全集18　枕草子』（小学館）による。以下同じ。

（6）この二首の漢詩は『景印文淵閣四庫全書』の888―736による。

（7）以下の詩句は平岡武夫・今井清共編『白氏文集歌詩索引　下』（同朋社　一九八九年）による。

（8）『景印文淵閣四庫全書』子部一八八　雑家類882―425下段、『説郛』巻一百十一下「楊太真外伝」（巻上）による。

（9）注2に同じ。一三八頁。
（10）菅野禮行校注・訳『新編日本古典文学全集19　和漢朗詠集』（小学館　一九九九年十月）一〇三～六頁。
（11）金子彦二郎著『平安時代文学と白氏文集―句題和歌・千載佳句研究篇』（培風館　昭和十八年十二月）七一六頁。
（12）『文学史研究』（大阪市立大学国語国文学研究室内文学史研究会）三一号　一九九〇年十一月。
（13）『景印文淵閣四庫全書』1084―60下段。
（14）注11に同じ。七一二頁。
（15）大野晋・佐竹昭広・前田金五郎編『岩波古語辞典　補訂版』（一九七四年十二月）
（16）牧野富太郎著『新日本植物図鑑』（北隆館　昭和三十六年六月）六八～七二頁。
（17）石川忠久著『新釈漢文大系第一一〇巻　詩経（上）』（明治書院　平成九年九月）一七一頁。
（18）北山円正氏の「『老鶯』と『鶯の老い声』」の要旨（『和漢比較文学』第一八号　平成九年二月　五六頁）による。
（19）北村季吟著・鈴木弘恭訂正増補『増訂枕草子春曙抄巻の三』（青山堂書房　明治四十三年四月）七九頁。
（20）張之象撰・中島敏夫編『唐詩類苑（六）』（汲古書院　平成三年五月）三八九頁上段。
（21）注20に同じ。三九〇頁上段。
（22）佐久節訳『白楽天全詩集　第1巻』（誠進社　昭和五十三年七月）五九二頁。
（23）川口久雄校注『菅家文草　菅家後集』（日本古典文学大系72　岩波書店　昭和四十年十月）四六一頁。

第二章　「木の花は」段における「桐の木の花」条

――李嶠の『桐』詩などにかかわって――

はじめに

「桐」を日本文学の題材（日本漢詩文を除く）として、はじめて取り上げたのは清少納言である。それ以前、和歌文学には「桐」を詠んだ歌はないし、同時代の藤原公任撰『和漢朗詠集』（注1）にはただ白居易が詠んだ「桐」の漢詩三首が載っているにすぎない。これを挙げてみると、次の三句である。

209　槐花《くわいくわ》雨潤《うる》ふ新秋《しんしう》の地
桐葉《とうえふ》風涼し夜《よ》にならんと欲する天《てん》　白《はく》
槐花雨潤新秋地　桐葉風涼欲夜天　白〔文集・佳句〕

309　秋の庭《には》　掃《はら》はず藤杖《とうぢゃう》を携《たづさ》へて
閑《しづ》かに梧桐《ごとう》の黄葉《くわうえふ》を踏んで行《あり》く　白《はく》
秋庭不掃携藤杖　閑踏梧桐黄葉行　白〔文集・佳句〕

780　春の風に桃李《たうり》花開《はなひら》く日《ひ》
秋の露に梧桐《ごとう》葉落《はお》つる時《とき》　白《はく》
春風桃李花開日、秋露梧桐葉落時　白〔文集〕

〔早秋〕部の二〇九番は『白氏文集』巻五十五『秘省後廳』詩(2529)の前半の二句である。秋雨に濡れて散ってしまった「槐花」と、秋風に吹かれて夜の涼しさを呼ぶ「桐葉」が、初秋の風物として捉えられている。後半の「盡日後庭無一事。白頭老監枕書眠」があるように、この詩は白氏が残暑の過ぎさった直後、一息のんびりして、役所の庭の風情を詠んだものである。

〔落葉〕部の三〇九番は巻十三『晩秋閑居』詩(0684)による。誰一人として訪れる人もない辺鄙の地に閑居する白氏が、散った梧桐の葉が黄色になり、その落ち葉を踏んで散歩する晩秋の庭の風趣をうたった句である。

〔恋〕部の七八〇番は平安びとに愛好された名作『長恨歌』の二句であって、花が満開の春も、桐の葉が散る秋も、亡き楊貴妃の美しさを思い出し、寂しさをつのらせる玄宗皇帝の心の中をうたった句として人口に膾炙されている。

小林祥次郎氏は、「秋のキリの葉は中国の詩歌で詠んでいた。その影響で、日本人もキリの葉を秋のものとして扱うようになった。その影響は、まず漢詩文に現れ、和歌にまで及んだのは新古今集のころになってのことであったということになる」と述べている(注2)。「桐」は秋の題材として、くわえてその葉の落ちる風景が一種の象徴とされ、寂しさをいっそう募らせる景物としたのである。

では、清少納言は「桐」をどのように捉えているのであろうか、漢籍に基づいてその捉え方を考えてみたい。

一　「木の花は」段における「桐の木の花」条

類聚的章段「木の花は」では、清少納言は紅梅、桜、藤の花、花橘、梨の花に続けて、桐についてこのように描いている。

桐《きり》の木の花、①紫に咲きたるは、なほをかしきに、②葉のひろごりざまぞうたてこちたけれど、こと木どもとひとしう言ふべきにもあらず。③唐土《もろこし》に名つきたる鳥の、選《え》りてこれにのみゐるらむ、いみじう心ことなり。④まいて琴《こと》に作りて、さまざまなる音《ね》の出《い》で来《く》るなどは、をかしなど、世の常に言ふべくやはある。いみじうこそめでたけれ。（記号・傍線は筆者。）

（三五段「木の花は」　八七頁）

記号で示したように、①紫色の花、②大きい葉、③霊鳥・鳳凰が棲む、④琴の良材という四点の特徴が取り上げられている。桐は紫色の花が咲いていてとてもいい感じなのに、葉が大きく広がる様子に違和感があるけれど、他の木々と同じく論じるべきではない。（なぜなら）唐の国では想像上の大鳥――霊鳥「鳳凰」が桐のみ選んで棲むといわれて、特別な感じがする。まして琴に作っていろいろな音色が出てくるのは、「興深い」などと平凡な言葉で言い表すことができるのであろうか、たいへんすばらしいものである、という。

①と②の部分は作者がまるで桐が目の前にあるように、観察風に描き、感想をも加えている。③と④は、波線部「こと木どもとひとしう言ふべきにもあらず」の一文によって、他の木々が及ばないさらなる桐の特質に展開している。作者は桐に関する蓄積した知識を披露し、想像を「唐土」に走らせている。霊鳥・鳳凰が桐だけを選んで棲むという伝説に対して「いみじう心ことなり」と興味を表している。その一方、琴のような一流の楽器の良材で、素晴らしい音色が弾けることに対して、「いみじうこそめでたけれ」と関心を示している。

ところで、この段の主題は「木の花」である。「紅梅」は「濃きも薄きも」美しい、「桜」は「花びら大きに、葉の色濃きが、枝ほそくて咲きたる」、「藤の花」は「しなひ長く、色濃く咲きたる、いとめでたし」と、それぞれの花の色や形が描かれている。その次の、「橘の花」「梨の花」について、いきなり文章が長くなったが、花そのものを中心に描く趣旨は変わっていない。

四月のつごもり、五月のついたちのころほひ、橘《たちばな》の葉の濃く青きに、花のいと白う咲きたるが、雨うち降りたるつとめてなどは、世になう心あるさまにをかし。花の中より黄金《こがね》の玉かと見えて、いみじうあざやかに見えたるなど、朝露に濡《ぬ》れたるあさぼらけの桜におとらず。郭公《ほととぎす》のよすがとさへ思へばにや、なほさらに言ふべうもあらず。

梨《なし》の花、世にすさまじきものにして、近うもてなさず、はかなき文《ふみ》つけなどだにせず。愛敬《あいぎやう》おくれたる人の顔などを見ては、たとひに言ふも、げに葉の色よりはじめてあはひなく見ゆるを、唐土《もろこし》には限りなき物にて、文にも作る、なほさりともやうあらむと、せめてみれば、花びらの端《はし》にをかしきにほひこそ、心もとなうつきためれ。楊貴妃《やうきひ》の、帝《みかど》の御使《つかひ》に会ひて、泣きける顔に似せて、「梨花一枝《りくわいっし》、春《はる》、雨《あめ》を帯びたり」など言ひたるは、おぼろけならじと思ふに、なほいみじうめでたき事は、たぐひあらじとおぼえたり。

（三五段「木の花は」　八七頁）

「橘」について、花の色、特に雨後のその鮮やかな、可憐な様子がポイントとして捉えられている。青い葉に白い花びらが咲き、真中から黄金のような花芯があるかないかのようで、情趣が溢れる。この姿は朝露に濡れているあさぼらけの桜の風情に劣らない、という。

「梨の花」についても「花」からの離脱は見えない。（日本では）梨の花は世の中で興ざめなものとして身近に飾らず、ちゃんとした内容でない手紙につけることもしない。魅力を感じない女の人の顔つきを見て、喩えに引く場合もある。しかし、中国では梨の花はこの上のないものとして、詩文にも詠んでいる。無理にこの花をよく観察してみると、花びらの周りに紫の色艶があるかなきかの程度についているようである。あの白楽天の「長恨歌」では、楊貴妃が死後、玄宗の御使いに会った時の感泣の表情を、「梨花一枝《いっし》、春、雨を帯びたり」というように言い表している。作者は日本と中国における「梨の花」の扱い方が異なること、自ら実物に近づいてその様態を再確認すること、名作名句を引用することなどを通して、比類のない「梨の花」を褒め称えているのである。

比べて、ただ「紫に咲きたるは、なほをかしきに」の一言しか「桐の木の花」に言及しない「桐の木の花」条の捉え方は特に目立っている。即ち、「花」の美しい様子などよりは、「桐の木」の特質——大鳥が「桐の木」を選んで止まる中国の神話、一流の楽器「琴」が「桐の木」によって作られる事実に眼を向ける作者の姿勢がうかがえる。

どうして清少納言は「花」から「木」への視線の移動、言い換えれば「花」より「木」の性質を重視する、同じ章段のほかの項目に出てこない、「桐」のみに対する独特な捉え方を用いているのであろうか。まず、先行研究をふまえて、作者の考えを推察してみたい。

二　李嶠の『桐』詩にかかわって

「桐の木の花」条の出典について、矢作武氏は

載為二天子琴一、……花紫葉青々、……為レ君長二高枝一、鳳凰上頭鳴、一鳴君万歳、寿如二山不一レ傾。（白氏文集二一、答二桐花一）

毛詩疏曰、鳳非二梧桐一不レ棲（初学記三〇、鳥部）

桐是嘉木。鳳凰所レ棲。爰伐琴瑟。八音克諧。歌以永レ言。擁擁喈喈。（芸文類聚八八、木部、郭璞、梧桐賛）

と指摘しており（注3）、目加田さくを氏は、「唐にことごとしき名付きたる鳥のえりてこれにのみ居るらむいみじ

う心ことなり」について、

> 大雅（巻阿）……鳳凰鳴矣于彼高岡梧桐生矣于彼朝陽……鄭玄箋云鳳凰之性非梧桐不棲非竹実不食（現在書目録によれば当時詩経は鄭箋によって読まれたらしいから白虎通（鳳凰……食常竹実、栖常梧桐）を引く箋に依拠すると思われ、清少は即詩経と思っていたであろう」

と述べている（注4）。

近年、新間一美氏は「桐と長恨歌と桐壺巻――漢文学よりみた源氏物語の誕生」（『甲南大学紀要（文学編）』）（注5）で、「桐壺」が出現する理由の一つは元稹の『桐花』、白楽天の『答二桐花一』にあると説く際に、『枕草子』における「桐の木の花」に関する描き方は元白の詩に通じていると詳しく論じている。引いてみれば、

> （前略）これらの元白の詩の表現と『枕草子』三十七段とを比較してみると、「むらさきに咲きたる」と「紫桐」（元）「花蔟二紫霞英一」「花紫」（白）、「葉のひろごりざま」と「葉重二碧雲片一」「葉青々」（白）、「こと木どもとひとしういふべきにもあらず」と「不レ競二桃杏林一」「牡丹還復侵」（元）「山木多蓊鬱。茲桐独亭々」「桃李不二敢争一」（白）、「ことごとしき名つきたる鳥」と「鳳帰二丹穴岑一」（元）「鳳凰上頭鳴」（白）、「琴に作りて」と「我願裁為レ琴」（元）「載為二天子琴一」（白）、「さまざまなる音のいでくる」と「宮」「商」「角」「徴」「羽」（元）の五音、という所に共通性が見られよう。清少納言の「桐」は、元白の「桐」と相通ずるのである。（傍線は筆者。）

ということである。氏は、「項目対項目」の方法で、『枕草子』の「桐の木の花」条を元稹の『桐花』、白楽天の『答二桐花一』と照らし合わせて、両者が取り上げている項目が通じ合っているところに論を留めている。しかも、このうち、傍線部の「こと木どもとひとしういふべきにもあらず」と「不レ競二桃杏林一」「牡丹還復侵」（元）「山木多蓊鬱。茲桐独亭々」「桃李不二敢争一」（白）とを共通していると挙げている。

しかし、じっくり読んでみれば、この共通点が必ず成立するとは理解し難い部分がある。すなわち、清少納言は「桐」が色の王者「紫」の花を咲かせることを褒め称えている一方、葉が大きくて広がりすぎることに違和感を表している。このとき、逆接を表す助詞「ど」の直後に、「こと木どもとひとしういふべきにもあらず」をもって、他の木々が及ばない「桐の木」の独特な性質に注目しようとしている。作者の関心事は次に挙げた鳳凰が桐にしか棲まないことと桐を琴に作ることとの二点である。このようにみれば、ここの「こと木どもとひとしういふべきにもあらず」は、その一文自身がもっている意味というより、文章の流れのなかで、桐の木の特質、作者の関心事を導く、文章の前半と後半を繋ぐパイプ役がメーンになっていると思われる。

その一方、「不レ競二桃杏林一」「牡丹還復侵」（元）「山木多蓊鬱。茲桐独亭々」「桃李不二敢争一」（白）が詩文の中で、どのように用いられているのであろうか。

桐花　　元稹

朧月上山館　紫桐垂好陰
可憐暗澹色　無人知此心
舜没蒼梧野　鳳帰丹穴岑
遺落在人世　光華那復深
年々怨春意　不競桃杏林
唯占清明後　牡丹還復侵
況此空館閉　云誰恣幽尋
徒煩鳥噪集　不語山嵌岑
満院青苔地　一樹蓮花簪

答桐花　　白楽天

山木多蓊鬱　茲桐独亭々
是時三月天　春暖山雨晴
行者多商賈　居者悉黎氓
手攀花枝立　足踏花影行
載為天子琴　刻作古人形
誠是君子心　恐非草木情
老亀被刳腸　不如無神霊
況此好顔色　花紫葉青々
我思五丁力　抜入九重城
葉重碧雲片　花簇紫霞英
夜色向月浅　暗香随風軽
無人解賞愛　有客独屏営
生怜不得所　死欲揚其声
云待我成器　薦之於穆清
胡為愛其華　而反傷其生
雄雞自断尾　不願為犠牲
宜遂天地性　忍如刀斧刑
当君正殿栽　花葉生光晶

自開還自落　暗芳終暗沈
爾生不得所　我願裁為琴
安置君王側　調和元首音
安問宮徴角　先辨雅鄭淫
宮絃春以君　君若春日臨
商絃簾以臣　臣作旱天霖
人安角声暢　人因鬭不任
羽以類万物　祅物神不歆
徴以節百事　奉事罔不欽
五者苟不乱　天命乃可忱
（後略）（注6）

上対月中桂　下覆階前□　汎払香炉煙　隠映斧藻屏
為君布緑陰　当暑蔭軒楹　沈々緑満地　桃李不敢争
為君発清韻　風来如叩瓊　冷々声満耳　鄭衛不足聴
受君封植力　不独吐芬馨　助君行春令　開花応清明
受君雨露恩　不独含芳栄　戒君無戯言　剪葉封弟兄
受君歳月功　不独資生成　為君長高枝　鳳凰上頭鳴
一鳴君万歳　寿如山不傾　再鳴万人泰　泰階為之平
如何有此用　幽滞在巌垧　歳月不爾駐　孤芳坐凋零
請問桐枝上　為余題姓名　待余有勢力　移爾献丹庭（注7）

　元稹は自分自身を「桐」に喩え、陽春三月や清明の後、満開の「桃杏」「牡丹」などと競えず、時に恵まれない不遇の身を訴えている。ここの「不レ競二桃杏林一」「牡丹還復侵」は、むしろ「こと木どもとひとしういふべきにもあらず」とまったく逆の意を詠んでいると思われる。白楽天は不遇に置かれた「桐」の姿と、もし自分が勢力を得たら「桐」を宮中に移し植えて、「桃李」などと比べられない繁茂した姿に成長させたい、意をうたって、元稹の苦悶を理解しようとしている。「山木多蓊鬱、茲桐独亭々」は「当二君正殿栽一」、「花葉生二光晶一」と対比になっていて、山奥に衆林から離れている「桐」の孤独の様子を描いていると読み取れる。
　もちろん、清少納言の「桐」に対しての認識は元白の『桐花』『答二桐花一』による可能性があることを否定していない。しかし、これは描写の唯一の源泉ではない。ここで、嵯峨朝に既に日本に入ってきた、貴族の家庭教育における啓蒙の教科書として使われていた『李巨山詠物詩』（『李嶠百二十詠』ともいう）に注目し、そのうちの『桐』詩（注8）を引いてみたい。

孤秀嶧陽《えきよう》岑　　孤《ひと》り嶧陽の岑《みね》に秀でて
亭々出二衆林一　　亭々として衆林より出でたり
春光襍二鳳影一　　春の光に　鳳の影を襍《まじ》り
秋月弄二圭陰一　　秋の月に　圭の陰を弄ぶ
高映二龍門一迴　　高く龍門に映りて迴《はる》かに
雙依二玉井一深　　玉井に雙依して深きに
不レ因レ将二入レ爨一　　将に爨《かまど》に入らむとするに因らずば
誰為作二鳴琴一　　誰か為に鳴琴を作らむ

「桐」は嶧陽山に特有の植物としてその秀麗、繁茂した姿が目立っていて衆林を論じる比ではない。傍線部「亭々出二衆林一」をもって、他の木々をして比肩できない桐の特質は次に挙がってくる。すなわち、①鳳凰がこの木に棲み、春光にその五彩が交じって耀く。②葉が圭の形をして秋月の光に揺れ動く。③梢が高く龍門に届き、④根っ子はこれまた極めて長く、井底の奥深いところまで延びる。⑤貴重な材質を用いて、貴人のために最高の楽器・琴を作る、の五つの点である。第二句「亭々出二衆林一」は清少納言が捉えた「こと木どもとひとしう言ふべきにもあらず」に通じ合って、つまり、後の文章――衆林よりはるかに立派に成長している「桐」の性質を挙げるために、大きな役割を果たしていると思われる。

「桐」の性質について、鳳凰がそれに棲むこと、琴に作ることの二点のほか、李嶠の『桐』詩では、葉の形や、伸び伸びとする枝と根っ子のことを取り上げており、白楽天の『答㆓桐花㆒』では葉の色、花の形・色、香などを取り上げている。比べて、「木の花は」の主題に即して「紫色の花」や「大きな葉」を捉えながら、桐の木の性質を特に強調する清少納言の捉え方は際立っている。どうして、作者はこの二点に拘らなければならないのか。次に、「鳳凰が桐に棲むこと」「桐を琴に作ること」について考察を深めたい。

三　鳳凰が桐に棲むこと

先ず、鳳凰は一体どのような鳥かについて、今までの先行研究では触れられていない漢籍資料をも用いて調べることにする。

鳳凰は四霊「麒麟・鳳凰・龍・亀」のうちの一つとして、天下太平の聖天子の世に現れる、という神話上の鳥で、雄を鳳、雌を凰という。『尚書』では伝説上の聖天子・尭舜の時に鳳凰が現れた、と記している。

（前略）夔曰。戛㆓擊鳴球㆒。搏㆓拊琴瑟㆒。以詠祖考来格。虞賓在㆑位群后徳讓。下管鼗鼓。合止柷敔。笙鏞以間。鳥獸蹌蹌。簫韶九成。鳳皇来儀。

（『尚書』（巻第二）　虞書　益稷）（注9）

鳳凰が太平の聖世を遂げた賢明な君主・舜帝の楽の音に感じて、舞い降りてきたのである。この点について、後世の『抱朴子外篇　巻一』「臣節第六」でも、尭舜が始めて大功を建てた太平の世の様子について、

抱朴子曰、昔在㆓唐・虞㆒、稽古欽明、猶俟㆓群后之翼㆒、亮用臻㆓巍巍之成功㆒、故能熙㆓帝之載㆒、庶㆓績其凝㆒、四門穆穆、百揆時序、蠻夷無㆓滑㆑夏之變㆒。阿閣有㆓鳴鳳之巣㆒也。（後略）

（『印景文淵四庫全書』子部三六五道家類1059—143上段）

と描かれている。聡明な帝はなすべき行いを完成し、政治の実績を挙げる。賓客は恭しく四方の門に至り、百官

の仕事が整然と行われる。蛮族が中国に侵入する恐れもない。この太平の世に応じて、仰ぎ鳴く鳳凰は御所の高殿に巣を作るのであった、という。

その形態・生態に関して、『説文解字』における「鳳」字の解釈によれば、

鳳、神鳥也、天老曰、鳳之像也、鴻前、鹿後、蛇頸、魚尾、龍文、亀背、燕頷、鶏喙、五色備挙、出㆓東方君子之国㆒、翶翔㆓四海之外㆒、過㆓崑崙㆒・飲㆓砥柱㆒、濯㆓羽弱水㆒、暮宿㆓丹穴㆒、見則天下安寧、（後略）

（『印景文淵四庫全書』経部二一七小学223―142上段）

とある。鳳凰は神鳥である。前から見れば麒麟に似て、後ろからみれば鹿に似る。蛇のような首、魚のような尾、龍のような文様、亀のような背中、燕のような顎、鶏のような嘴、つまり、「八像」がその一体に揃っているのである。また、五色が揃っている。東にある君子の国を出て、四方の海を飛び廻り、崑崙山を飛び越える。砥柱山の泉を飲み、弱水で羽を洗う。夜は丹穴山で宿りをして、現れると天下泰平・安寧になる。

「五色」は青、白、赤、黒、黄の五つの色で、「仁」「義」「禮」「智」（または「徳」）「信」の五つの「徳」が意味されている。これについて、『山海経』には見られる。

又東五百里、曰㆓丹穴之山㆒、其上多㆓金玉㆒、丹水出㆑焉、而南流注㆓于渤海㆒。有㆑鳥焉。其状如㆑鶏、五采而文、名曰㆓鳳凰㆒。首文曰㆑徳、翼文曰㆑義、背文曰㆑禮、膺文曰㆑仁、腹文曰㆑信、是鳥也。飲食自然、自歌自舞、見則天下安寧。（『印景文淵四庫全書』子部三四八小説家類1042―7下段）

詩人・郭璞は『鳳凰賛』（注10）で鳳凰の「八像」と「五徳」を取り上げている。

鳳凰霊鳥　　鳳凰は　霊鳥
実冠㆓羽群㆒　　実に羽群に冠たり
八像㆓其體㆒　　其の體に八つの像とし

五徳㆓其文㆒　其の文に五徳とす
附㆑翼来儀　翼を附して来儀し
應㆓我聖君㆒　我が聖君に應ず。

霊鳥・鳳凰が華麗な姿で、他のあらゆる鳥にまさっている。八種類の動物の像が一身にそろい、五徳が文様に移る。軽快に舞い降りて、聖明の君主に応じている。詩人は鳳凰到来とその美しい姿を描くことを通して、君主が聖明であることを賛美しているのである。

その反面、鳳凰が来なければ、聖王明君が出ないことを意味する。孔子は『論語』で、

子曰、鳳鳥不㆑至、河不㆑出㆑図。吾已矣夫。（「子罕第九」）（注11）

といい、聖人の現れる瑞兆である鳳凰が来ないことに対して絶望の意を表している。

そして、鳳凰が桐にしか棲まないことについて、『荘子』外篇・第十七・秋水篇（注12）では、

夫鵷鶵（鳳凰の一種。一説に鳳の子）発㆓於南海㆒、而飛㆓於北海㆒。非㆓梧桐㆒不㆑止。非㆓練実㆒不㆑食。非㆓醴泉㆒不㆑飲。

とあり、鳳凰は南海から飛び立ち、北海に飛び渡る。梧桐でなければ留まらない、不潔なものを食べない。即ち、竹の実でなければ物を食わない、甘泉以外は飲まないのである。『毛詩』大雅・生民之什・巻阿（注13）では、高い丘に高らかに歌う鳳凰と、そこに朝のひらめき輝く陽射しの中、生い茂っている梧桐の様子をうたっている。

鳳皇鳴矣　鳳皇《ほうわう》　鳴きぬ　鳳皇の　声聞《きこ》ゆ
于彼高岡　彼の高岡《かうかう》に　彼の高き　岡の邊に
梧桐生矣　梧桐《ごどう》　生ず　梧桐《あをぎり》は　茂りたり
于彼朝陽　彼の朝陽《てうやう》に　朝光る　山の邊《へ》に

菶菶萋萋　菶菶《ほうほう》　萋萋《せいせい》たり　梧桐《あをぎり》は　いや繁く
雝雝喈喈　雝雝《よいよい》　喈喈《かいかい》たり　鳳皇は　声高く

白川静氏の解釈によれば、「菶菶萋萋」は梧桐の盛んに茂る枝葉をいい、「雝雝喈喈」は鳳凰が和らぎ鳴く声をいうとしている。古注には、

梧桐盛也。鳳皇鳴也。臣竭㆓其力㆒。則地極㆓其化㆒。天下和洽。則鳳皇楽㆑徳。（毛伝）
菶菶萋萋。喩㆓君徳盛㆒也。雝雝喈喈。喩㆓民臣和協㆒。（鄭箋）

とあり、「菶菶萋萋」と繁茂する「梧桐」の葉は君徳の盛んなさまの喩えであり、「雝雝喈喈」は民臣和協して、徳を楽しむ様子の喩えであるという。梧桐の上で鳳凰が歌っている内容について、明記してくれたのは、先に述べた白楽天の『答㆓桐花㆒』である。

為㆑君長㆓高枝㆒　君が為に　高枝を長じ
鳳凰上頭鳴　鳳凰　上頭に鳴かん
一鳴君万歳　一たび鳴けば　君　万歳
寿如山不傾　寿は　山の傾かざるが如く
再鳴万人泰　再び鳴けば　万人泰に
泰階為㆑之平　泰階　之が為に平《たひらか》ならん

まず歌ったのは君主が千秋万歳であることで、次に歌ったのは民衆が安定、泰平であることである。

このように、道徳のあるイメージを託し、太平の聖世を象徴する鳳凰は桐だけを選び、その樹上で歌ったり、舞ったりする。このことは他の木々には言及はなく、心霊の備わる格の高い「桐の木」の独特な一面である。清少納言は「霊鳥・鳳凰が棲むこと」を通して、「桐の木」が鳳凰を魅了する、瑞祥の霊力を備える、華麗かつ繁

茂の植物であることを描こうとしていると思われる。

四　桐を琴に作ること

その昔から、桐の木は琴の良材である。この知識を記した和漢の文献には枚挙にいとまがないほどである。代表的な資料を挙げれば、古く『毛詩』国風・鄘風・定之方中では「樹レ之榛栗　椅桐梓漆　爰伐琴瑟」の記述があって、桐は琴を作るために、宮室の位置を定めた後、椅、梓、漆と共にこれを植えるものと詠っている。

嵇康は『琴賦』で「惟椅梧之所レ生兮、託二峻嶽之崇岡一。披二重壌一以誕載兮、参二辰極一而高驤。含二天地之醇和一兮、吸二日月之休光一。鬱紛紜以獨茂兮、飛二英蕤於昊蒼一。夕納二景于虞淵一兮、且晞二幹於九陽一。経二千載一以待レ價兮、寂神跱而永康。（後略）」（『文選』）（注14）と記して、琴が妙音を発する理由は、その材料となる椅梧が険しい山の高い丘に生えており、天地の醇和の気、日月のよい光明を吸収し、鬱蒼としていつまでも安らかに繁栄しているからである、という。

『万葉集』（八〇九番）には、七二九年（天平1）に大伴旅人が藤原房前に対馬産の梧桐でつくらせた日本琴を贈ったとの記載がある。「余、根を遥島の崇巒に託せ、幹を九陽の休光に晞す。長く煙霞を帯びて、山川の阿に逍遥す、遠く風波を望み、雁木の間に出入す」などは、『琴賦』を念頭においての叙述であろう。

『二十巻本倭名類聚抄』『大和本草』などの文献にも、「桐」を用いて琴に作る記事が見られる。

梧桐　陶隠居本草注云。桐有四種。青桐音同。梧桐上音吾。崗桐。椅桐椅音猗、和名皆木里。梧桐者色白有子者今案、俗訛呼為青桐是也、一音讓土。椅桐者白桐也。三月花紫。亦堪作琴瑟者是也。（二十巻本倭名類聚抄、巻二十）

梧桐　……、中華ニ梧桐ヲ以テ琴瑟ニ作リ器材トス、上材ナリ、今島桐トテ世上ニ良材トス、器ニ作リテ白桐ニマサレリ、四國ヨリ出ヅ、或隠岐ヨリ多出ヅ、故ニシマキリト云、一説ニ初磯嶽ノ島ヨリ出、故ニ名クト云・・・（『大和本草』十一巻園木）

清少納言も度々琴に関する話題を取り上げている。

「清涼殿の丑寅の隅の」段では、小一条左大臣師尹が後に村上天皇の宣耀殿の女御になった娘・芳子に教えた言葉を記している。「一つには、御手をならひたまへ。次には、琴の御ことを、人よりことに弾きまさらむとおぼせ。さては古今の歌二十巻をみな浮かべさせたまふを御学問にはせさせたまへ」（五八頁）。後世に賞賛された父小一条左大臣師尹の教訓の言葉ではあるが、琴を弾くことは貴族の女性たちにとって、身につけなければならない教養の一つであることが伝えられている。

琴の霊妙さを描く『宇津保物語』の人物、仲忠と涼の優劣について、ある女房が「仲忠が童生《わらはお》ひのあやしさを」と中宮定子の御言葉を繰り返して言ったことに対して、清少納言は「何か、琴《きん》なども天人の降《お》るばかり弾《ひ》き出で、いとわるき人なり。帝の御むすめやは得《え》たる」（七九段「返る年の二月二十余日」一四四頁）と、帝の御女を得たことを根拠にして、仲忠のほうが優れていると反論している。

中宮の弟隆円は琴を持っていた。しかし、姉の淑景舎に父の遺品である笙の笛と自分の琴との交換を望み、「それは、隆円に賜へ。おのがもとに、めでたき琴《きん》はべり。それに替えさせたまへ」（八九段「無名といふ琵琶」一七六頁）と懇願した話題も取り上げられている。

また、一本一の類聚的章段「夜まさりするもの」には「琴の声」が出ている。「濃き掻練《かひねり》のつや。むしりたる綿。女は、額はれたるが髪うるはしき。琴の声。かたちわろき人のけはひよき。ほととぎす。滝の音」（一本一・二五五頁）。琴は身近な事物、人々の生活様式、自然風物などの中間に配置し、これらと融合して、平安王朝の夜のみやびな生活情景が再現されているのである。

このように、琴は貴重な楽器でありながら、清少納言にとって極めて身近なものである。「さまざまなる音の出で来るなどは、をかしなど」の描写は、ただ琴の妙音を描く『宇津保物語』などを念頭においての記述というより、実物に触った、生の耳でその音色を確かめた風が濃厚に伝わっている。なぜなら、この実生活に密着する視点から、さらに桐を親しもうとする捉え方は、「花の木ならぬは」（三八段）における「木々」に通じ合っていると思われるからである。

例えば、「榊」について、「臨時の祭の、御神楽のをりなど、いとをかし。世に木どもこそあれ、神の御前の物と生ひはじめけむも、とりわきてをかし」といい、「檜の木」について、「またけ近からぬ物なれど、「みつばよつばの殿づくり」もをかし」と言っている。さらに挙げると、「白樫」について、「三位二位のうへの衣染むるをりばかりこそ」、「譲り葉」について、「師走のつごもりのみ、時めきて、亡き人の食物に敷くものにやと、あはれなるに、また齢を延ぶる歯固めの具にももてつかひためるは」などがある。

身近にあるものにかかわって、「桐」の価値を普遍的に発見していく、これこそ清少納言が琴に作る「桐の木」の特質を捉えたわけであろう。

おわりに

清少納言は類聚的章段「木の花は」における「桐の木の花」について、紫色の花を咲かせること、葉の大きいこと、鳳凰は桐の木だけを選んで棲むこと、楽器の第一・琴の良材であること、の四点を捉えている。このうち、「花」に関する描写はただ「紫に咲きたるは、なほをかしきに」の一言だけで、葉に対して違和感を表した後、もっぱら「桐」の「木」としての特質についての記述である。この捉え方は、「木の花は」段に出ている他の項目、「梅」「桜」「藤の花」「橘」「梨の花」などについて、花の色、開花の様子、葉の色だけを描くのと違って、「桐」の木としての材質に注視する作者のねらいが伺える。

このねらいは「こと木どもとひとしう言ふべきにもあらず」によって展開されている。他の木々と比肩できない「桐」は、霊鳥・鳳凰の唯一の棲む場所であり、最高の楽器・琴の他ならぬ材料であることが挙げられている。このような文章の展開は、詠物詩人李嶠が『桐』詩での「亭々出二衆林一」を以って桐の特徴を一つ一つ詠んでいくのと相通じていると思われる。

しかし、清少納言は葉の形や、枝、根っ子の長さなど桐の繁茂する姿に直接に言及せず、道徳の象徴、太平の聖世を表す霊鳥・鳳凰が桐だけを選んで棲むことを取り上げ、瑞祥の霊力を備える「桐の木」の格調の高いイメージを築いている。それに対応して、目線を身近にある存在・琴の材料であることに移し、「花の木ならぬは」段に出ている「榊」「檜の木」「白樫」などに通じる実生活にかかわる視点から、「桐」の価値を普遍的に見ようとしている。外観・材質とも幅の広いこの「桐」ではあるが、一方は、中国の古典における神話の世界でその格の高さを発見し、他方は、平安王朝における実生活にかかわり、身近にあるものとして材質の価値を再認識しているのである。

注

（1）菅野禮行校注・訳『新編日本古典文学全集19　和漢朗詠集』（小学館　一九九九年十月）
（2）小林祥次郎「桐——季語を遡る」（『東京成徳国文』一九九五年三月　巻十八）
（3）矢作武「枕草子の源泉——中国文学」（『枕草子講座4　言語・源泉・影響・研究』有精堂　昭和五十一年三月）
（4）目加田さくを「清少納言の漢才」（『日本文学研究資料叢書　枕草子』有精堂　昭和四十五年七月）

（5）新間一美「桐と長恨歌と桐壺巻――漢文学より見た源氏物語の誕生」（『甲南大学紀要（文学編）』一九八三年三月　四八巻）
（6）元稹著『元氏長慶集』（『文淵閣四庫全書』別集1079―351）。または『唐詩類苑（六）』（汲古書院）の三五三頁にも見られる。
（7）佐久節訳『白楽天全詩集』（第一巻）一八九頁。
（8）長澤規矩也編『和刻本漢詩集成　第一輯「李巨山詠物詩」』七六頁。
（9）星野恆校訂『漢文大系　第十二巻　毛詩　尚書』（冨山房　明治四十四年十二月）
（10）中島敏夫解題『古詩類苑（二）』（汲古書院　平成三年十二月）五一四頁。
（11）吉田賢抗著『新釈漢文大系　第一巻　論語』（明治書院　昭和三十五年五月）一九七頁。
（12）市川安司・遠藤哲夫著『新釈漢文大系第8巻　荘子（下）』（明治書院　一九六七年三月）四八五頁。
（13）白川静訳注『詩経雅頌2（全2巻）』（平凡社　一九九八年七月）一〇六頁。
（14）小尾郊一著『文選（文章編）二』（『全釈漢文大系　第二十七巻』）（集英社　昭和四十九年九月）三九九頁。

第三章　「ほととぎす」を通してみた清少納言の情

――『古今和歌集』における「ほととぎす」の歌と比較して――

はじめに

「ほととぎす」は、万葉以来、数多く詠まれた季節の景物であり、題材である。平安当時の権威ある勅撰和歌集――『古今和歌集』（以下、『古今集』という）には、「ほととぎす」の歌は四十二首が収録されて、最も多いのである。そして『枕草子』においても、やはり最も多く登場した鳥である。清少納言は伝統的な和歌文学をいかに踏まえ、そしていかにそれを乗り越えて、独自性を表したのであろうか。

同テーマは、すでに村井順氏によって研究されている。氏は、それぞれのほととぎすの登場場面について、詳細な分析を行い、清少納言がいかに「ほととぎす」に愛着していたかを明らかにしている。氏は結論として以下のように述べている。

（前略）見てきたように、時鳥に対する作者の考え方は、奈良朝から受け継がれているところの、当時の文人通有の観念から、ほとんど一歩も出ていない。作者の個性的好みが特に出ているところを求めるとすると、夜鳴く時鳥を、「夜まさりするもの」としている所ぐらいのものである。そうではあるが、この中には当時の田植唄に時鳥を呪っているもののあることが知れたり、作者は鶯より時鳥が好きであることがわかっ

たりして（後略）。（注1）

果たして、清少納言が捉えたほととぎすが「当時の文人の通有の観念から、ほとんど一歩も出ていない」か。また、「出」ているとして、ただ「夜鳴く時鳥を夜まさりするもの」としている所ぐらいのものであろうか。筆者はそれに疑問を抱かざるを得ない。

それでは、以下、「実生活に基づくほととぎす像」「ほととぎすの登場条件の設定」「表現上における作者の工夫」の三つの方面から、『古今和歌集』（注2）に詠まれた「ほととぎす」と比べて、清少納言筆下の「ほととぎす」の独自性を考える。

一　実生活に基づくほととぎす像

この草子《さうし》、目に見え心に思ふ事を、人やは見むとすると思ひて、つれづれなる里居《さとゐ》のほどに、書きあつめたるを、あいなう人のために便《びん》なき言ひ過ぐしもしつべき所々もあれば、よう隠しおきたりと思ひしを、心よりほかにこそ洩《も》り出でにけれ。（傍線は筆者。）

（「この草子、目に見え心に思ふ事を」四六七頁）

右記は、周知の『枕草子』の「跋」の一節であるが、作者自らの創作姿勢を鮮明に表している。つまり、『枕草子』は自分の目で見たこと、自分の耳で聞いたことを、人が見ることはあるまいと、そのままに書き集めたものである。人は見ていないだろうと思って、周囲を観察したことを思うままに書き記した姿勢を強調しているのである。この点について、ほととぎすの場合、四月と五月にある年中行事の雰囲気の中で、即ちほととぎすを年中行事に、いかに融合させて捉えているかということを、まず挙げることができよう。

①四月、祭りのころ、いとをかし。上達部《かんだちめ》、殿上人《てんじゃうびと》も、うへの衣《きぬ》の濃き薄きばかりのけぢめにて、白襲《しらがさね》ども同じさまに涼しげにをかし。木々の木《こ》の葉まだいとしげうはあらで、わかやかに青みわたりたるに、霞《かすみ》も霧もへだてぬ空のけしきの、何《なに》となくすずろにをかしきに、すこし曇《くも》りたる夕つ方、夜《よる》など、しのびたる郭公《ほととぎす》の、遠く空音《そらね》かとおぼゆばかりたどたどしきを聞きつけたらむは、なに心地《ごこち》かせむ。

（三段「頃は」　三〇頁）

平安時代には京都の賀茂祭を単に祭といった。旧暦四月の第二の酉の日に行う最大の年中行事である。酉の日は年・月によって変わるが、通年の第二の酉の日を調べてみると、大体十日以降から廿日前後までの期間にある。従って、右記の描写は四月上中旬にある風景だと推測することが出来る。

この季節になると、宮中の人々が夏季の服装に換えて涼しげに見えて、夏らしい感じで風情がある。木々の葉はまだそれほど茂っていないが、若々しくて一面に淡くなっている。空には春の霞も秋の霧もなく晴れ渡っていて、何となく心に迫るように素晴らしい。少し曇った夕方、夜などに、ひそかに鳴いているほととぎすの声が遠くから伝わってきて、小さくて目立たない。時に聴き間違いではないかと思われるほど、おぼつかなく鳴いているようで、それを聞きつけたら、何とも言いようもない気持ちである。

ほととぎすの初音が聴けることは、夏季がすでにやってきたことの象徴である。①は祭りの頃の場面なので、華やかな祭りが近づいてきたことも意味されている。よって、うきうきと祭りを迎えようとする作者にとっては、ほととぎすは初夏の不可欠の代表風物であって、鳴き始めたことで、祭りがいよいよ盛り上がることを報じる象徴的な存在でもある。

②祭のかへさ、いとをかし。昨日《きのふ》は（中略）。今日はいととくいそぎ出でて、雲林院《うりんゐん》、知足院《ちそくゐん》などのもとに立てる車ども、葵《あふひ》、桂《かつら》どももうちなびきて見ゆる。日は出でたれども、空はなほうち曇りたるに、いみじういかで聞かむと目をさまし起きゐて待たるる郭公《ほととぎす》の、あまたさへあるにやと鳴きひびかすは、いみじうめでたしと思ふに、鶯《うぐひす》の老いたる声して、かれに似せむと、をしううち添へたるこそにくけれど、またをかしけれ。

（二〇六段「見物は」　三四三頁）

賀茂祭の翌日、下の社から上賀茂に参向して神舘に一泊した斉王が、雲林院、知足院などの前の田舎道を通って、紫野の斎院に還る。祭り当日の昨日だけではなく、今日も作者は早朝に出て、行列を見にきたのである。待っているうちに、日が出てきたが、少し曇りがちであった空は次第に明るくなってくる。「いつになったら鳴き声が聴こえるか」と、耳を澄まし夜遅くまで起きて待っていたほととぎすが、この時思いがけなく、数多く目の前で鳴いて声を響かせている。この季節の主人公がほととぎすであることを知っているように、鶯はただひたすらにほととぎすに真似た老い声を添えている。

先の①は祭を迎えるために準備する期間の風景であって、この②は祭の最中の出来事で、①の継続描写とみてよい。季節の風物であるほととぎすがすでにやってきていることは作者の予想外だが、大変喜んでいる。ほととぎすを祭りの添え物とし、祭りに交じり合わせて祭日の雰囲気を一層高めているのである。

③五月こそ世に知らずなまめかしきものなりけれ。されど、この世に絶えにたることなめれば、いとくちをし。（中略）還《かへ》らせたまふ御輿《こし》の先に、獅子《しし》、狛犬《こまいぬ》など舞ひ、あはれさる事のあらむ、郭公《ほととぎす》うち鳴き、ころのほどさへ似るものなかりけむかし。

（二〇六段「見物は」　三四二頁）

一条朝に廃止された五月五日の武徳殿行幸を回想しているのである。祭りに添えるようにほととぎすが鳴くのは、その頃合、タイミングはいうまでもないと作者が想像している。作者の意識には、ほととぎすこそ五月五日端午節供の興に添える不可欠の風物だと深く刻まれているのであろう。

④節《せち》は、五月にしく月はなし。菖蒲《さうぶ》、蓬《よもぎ》などのかをりあひたる、いみじうをかし。九重《ここのへ》の御殿《ごてん》の上《うへ》をはじめ、言ひ知らぬたみのすみかまで、いかでわがもとにしげく葺《ふ》かむと葺《ふ》きわたしたる、なほいとめづらし。いつかはことをりに、さはしたりし。空のけしき曇りわたりたるに、中宮などには、縫殿《ぬひどの》より御薬玉《くすだま》とて色々の糸を組みさげてまゐらせたれば、御帳《みちやう》立てたる母屋の柱に、左右につけたり。（中略）夕暮《ゆふぐれ》のほどに、郭公《ほととぎす》の名のりしてわたるも、すべていみじき。

（三七段「節は五月しく月はなし」　八九頁）

端午節供の日になると、宮中も民家も新たに変貌してしまう。宮中での一連の行事を描いた後、該当段の最後に、ほととぎすの一声、二声が明快で、まるで人が名乗るようにわたっていくのも大変風情があると言っている。「も」は、五日の一日が風俗行事や自然の風景や、何から何まで、すべて情趣のあることを強調しているのであろう。

このように、作者は、祭に溶け込む中で、自らの耳目でほととぎすの到来をキャッチして、客観的に美的なほととぎす像を描いているのである。

加えて、より現実にあったほととぎす像を描くために、ほととぎすが現れる時期の自然環境——気象状況・天空の模様についても、客観的に言及しているのである。

春から夏に移る間には、約一ヶ月間のぐずつく期間——梅雨の天気がある。「五月雲」や「梅雨空」といった気象用語があるように、陰暦五月の梅雨の頃になると、天気はどんよりした五月雲を一面に漂わせる空の状態に変わる。続いて、梅雨が雷鳴とともに明けると言われるように、雷雨も夏の景物である。それは、強い日射しと、夏の空気が暖かく湿っていて、ある程度持ち上げられると自らますます上昇するという性質を持っていることによる（注3）。ほととぎすはこのような気象が急激に変化する時期にやってきて、それから二、三ヶ月程滞在するのである。

清少納言はこのように変動する気象状況を事実あるままに再現しようとしていると思われる。

「四月。（中略）すこし曇りたる夕方、夜など」（「ころは」）、
「空の気色、曇りわたりたるに」（「節は、五月にしく月はなし」）、
「五月雨の短き夜に寝覚めをして」（「鳥は」）、
「朔より、雨がちに曇りすぐす。（中略）『五月雨は、咎めなきものぞ』とて、」（「五月御精進のほど、職におはしますころ」）、

といったように、陰暦四月の末頃から五月にかけて、即ち、初夏の「すこし曇りたる」天空から、五月に入って「曇りわたりたる」「雨がちに曇りすぐす」五月雨の時期に、次第に変化する空模様を具体的、写実的に表現しているのである。

ところで、『古今集』にはほととぎすの歌は多く、ほととぎすが懐旧、述懐、回想、離別などの人間の複雑な心情を一層掻き立てるために詠まれており、人間の悲しみ、憂鬱の気持ちがほととぎすの鳴き声に託されている。

郭公の、初めて鳴きけるを聞きて　　素性

一四三　郭公はつこゑ聞けばあぢきなく主さだまらぬ恋せらるはた　（巻第三・夏歌）

ほととぎすの初声を聞いて、どうしようもなくもの悲しくて、誰かと定まっているわけでもないが、人恋しい

思いが起こるよ。ほととぎすが季節の報時鳥というより、その初声が人の恋心を孕ませる、恋慕うものとして詠まれているのである。

題しらず　　　読み人しらず

四六九　郭公鳴くや五月のあやめぐさあやめも知らぬ恋もするかな　（巻第十一・恋歌一）

一四三番と同じように、ほととぎすの鳴き声を聞いて恋心が募る歌である。五月五日にあやめ草の鬘を飾るあやめに因んで、恋は綾の目のように道筋が見わけられないものだと詠んでいるのである。

藤原高経朝臣の、身まかりての又の年の夏、
郭公の鳴きけるを聞きて、よめる　　　貫之

八四九　ほととぎす今朝なく声におどろけばきみに別れし時にぞ有ける　（巻第十六・哀傷歌）

ほととぎすの鳴き声を聞くと、同じころに人と別れたことを思い出す歌で、ほととぎすが悲しい思いを呼び起こす鳥であることを呼んでいるのである。

藤原敏行《としゆきの》朝臣

一〇一三　いくばくの田を作《つく》ればかほととぎすしでのたをさを朝《あさ》な朝なよ　（巻第十九・雑体歌）

「しでのたをさ（死出の田長）」はほととぎすの鳴き声に因んで出来た異名である。「たをさ」は農夫のかしらの意。冥途からきて、農耕をすすめる故という。ほととぎすは冥途に通う鳥だと意味している。

そして、気象に関する点においては、『古今集』ではただ「五月雨」のみ詠んでいる。

寛平御時后《くわんぴやうのおほむときききさいの》宮の歌合の歌《うた》　　　紀友則

一五三　五月雨に物思ひをればほととぎす夜深く鳴きていづち行くらむ　（巻第三・夏歌）

五月雨を眺めながら、むなしく物思いにふけっている。その時、ほととぎすが真夜中に鳴きながらどこかへ飛

んでいく。自分はほととぎすの鳴き声を追いかけたいが、どこにも行けず物思いはますます深まるのである。

この「五月雨」については、久保田淳氏、馬場あき子氏編『歌ことば歌枕大辞典』（注4）の「五月雨」の条では、

実際、前者の歌（古今集の一五三番）は『古今六帖』では「ほととぎす」の標目のところにあり、「五月雨」の歌として詠まれたものではない。三代集までは、「五月雨」の降る情景に、物思いに沈む状況を重ねあわせて詠んだものが多いことが特徴であるが、（後略）（傍線は筆者。）

といったように、『三代集』に出ている「五月雨」はそのものが題材として詠まれているのではなくて、詠み人の鬱々とした心情をより効果的に表現するために、「五月雨」を背景にして捉えているのである。

郭公《ほととぎす》の鳴《な》くを聞きて、よめる　貫之

一六〇　五月雨の空もとどろに郭公なにを憂しとか夜ただなく覧　（巻第三・夏歌）

五月雨が激しい音を立てて降る中で、ほととぎすが悲しい声を鋭くあげている。一体何の辛いことがあって一夜ひたすら鳴いているのであろうか。一五三番の表現手法と同様であるが、ほととぎすがいかに悲しく鳴いているかを引き立てるために、「五月雨」のとどろく空を捉えているのであろう。

このように、『古今集』におけるほととぎすの歌の多くは、ほととぎすの鳴き声には人間の落ち着かない鬱陶しい気持ちを重ねている。ほととぎすはただ「夏」という季節の到来を象徴する題材だけではなく、主に人間の内面を展開する題材である。また、気象に関してただ唯一現れている「五月雨」も、詠み人の憂しの心情、物思いに沈む状況を重ね合わせるためであったのである。言い換えれば、ほととぎすが「憂し」の心情を表す鳥として印象付けられていて、その鳴き声には人間の悲しみ、憂鬱の気持ちが託されているのである。

比べて、『枕草子』における「ほととぎす」は伝統的な和歌の中に用いられる「憂し」のイメージはなく、ほ

ととぎすを夏季の象徴として、社会の動き――年中行事に溶け込んだ自然の風物として、作者の自らの実体験に基づいて捉えているのである。（注5）

二　ほととぎす登場条件の設定

ほととぎすの登場する各場面を追ってみると、清少納言はほととぎすが現れる時間や場所などの条件設定を厳しく限定していることが伺われる。

先にあげた①は四月上中旬、賀茂祭を迎える前の、季節の変わり目の時である。人々が夏らしい服装に着替え、木々の葉が若々しくて一面に青くなっている。しかも、賑やかな昼ではなく、静かになった夕方、夜などに鳴くほととぎすである。なお、遠くに居るほととぎすのかすかな鳴き声は極めて静寂な夜でなければ、聴き取れないからである。

②は、祭の翌日の朝、上賀茂神社から紫野の斎院に還る行列を待っている場面である。ほととぎすがあちらでもこちらでも鳴いている。競演しているように鳴き響かせている。場所は雲林院・知足院のあたりで、時刻は日の出前の朝方である。

五月五日端午の節句の日においてのほととぎすが三つの章段に亘って言及されている。昔に行われた武徳殿行幸の時（③）、今日の宮中におけるさまざまな行事の後、夕方の時（④）のほか、第九五段「五月の御精進のほど、職におはしますころ」における藤原明順の家を訪ねる時である。

⑤つれづれなるを、「郭公《ほととぎす》の声たづねにいかばや」と言ふを、われもわれもと出《い》で立つ。賀茂《かも》の奥に、なに

さきとかや、七夕《たなばた》のわたる橋にはあらで、にくき名ぞ聞えし、「そのわたりになむ、郭公鳴く」（中略）、五日のあしたに、宮司《みやづかさ》に、車の案内言ひて、北の陣より、五月雨はとがめなきものぞ、とて、さしよせて、四人ばかり乗りて行く。（中略）

かくいふ所は、明順《あきのぶ》の朝臣の家なりける。（中略）屋のさまもはかなだち、廊めきて端近《はしぢか》に、あさはかなれどをかしきに、げにぞかしがましと思ふばかりに鳴き合ひたる郭公の声を、くちをしう、御前に聞しめさせず、さばかりしたひつる人々をと思ふ。

周知のように、端午の節供は古代における水辺の祓禊で、また辟邪・辟病のための年中行事であって、水辺に生えている薬草の摘み取りの習俗を伴っている。なお、「（前略）常に五月五日、鶏未だ鳴かざるの時を以て艾を採り、人に似たる処を見、攬めて之を取り、炙に用いるに験あり」（注6）と記されているように、朝早く水辺に行って、艾を取るのが行事の一つである。清少納言一行は古来言い伝えられた水辺の行事に合わせて、五日の朝に、賀茂の奥にでかけた。中宮定子の伯父である藤原明順の家で、郭公の声を満喫している。一つの出来事の順序を追ってほととぎすを登場させているので、現実味が伝わってくるのである。

もう一例、第三九段「鳥は」の一節を挙げてみる。

⑥（前略）（鶯）夜鳴かぬもいぎたなき心地すれども、今はいかがせむ。夏秋の末まで老い声に鳴きて（中略）。郭公は、なほさらに言ふべき方なし。いつしかしたり顔《がほ》にも聞えたるに、卯の花、花橘などに宿りをしてはたかくれたるも、ねたげなる心ばへなり。五月雨の短き夜に寝ざめをして、いかで人よりさきに聞かむと待たれて、夜深くうち出でたる声のらうらうじう愛敬づきたる、いみじう心あくがれ、せむ方なし。六月にな

りぬれば、音《おと》もせずなりぬる、すべて言ふもおろかなり。（傍線は筆者。）

ほととぎすについて王朝的な理解の集約といわれている描写である。ほととぎすの鳴き始めの状況、五月雨の夜の鳴き慣れた声、六月になると音や姿が消えてしまう、という時の移ろいで構成されている。とりわけ「五月雨の夜」の一文における時間設定が厳しい。「五月雨の短き夜」「人よりさきに聞かむと待たれて」「夜深く」という三つの条件が重なっているのである。

いつの間にか自慢そうな顔をして鳴いているのを聞いて、その姿を見たいが、卯の花・花橘などに身を隠して見せてくれない。五月雨の夜に、人より先に聴こうと待たずにおれないが、期待したとおりに真夜中に鳴き慣れた声を聞かせてくれると、最高である。六月になると全く音をせず、それもまた表現できないほど素晴らしいことである。

その一方、『古今集』の場合、ほととぎすが五月にならないと鳴かない、一日のうちで、今朝か夜かに鳴くと詠んでいるのである。

題しらず　　読み人しらず

一三七　さ月松山郭公うちはぶき今もなかなむ去年のふるこゑ　（巻第三・夏）

一四〇　いつのまにさ月来《き》ぬ覧《らむ》あしひきの山ほととぎす今ぞなくなる　（巻第三・夏）

漢詩では、ほととぎすは晩春にやってくると詠んでいる。白楽天の詩文『山石榴。寄元九』（『白氏文集』巻12・0593）には「九江三月杜鵑来」の一句がある。そして、大伴家持の歌では四月にも五月にも鳴くものとして詠まれている。ところが、この二者に比べて、「五月に鳴く」は『古今集』での独特の設定であるし、概念化された認識の現れでもある。

そして、一日のうち、「夜」かまたは「今朝」かにほととぎすの鳴き声を聞いているように詠んでいる。

一四一　けさ来《き》鳴《な》きいまだ旅なる郭公花たちばなに宿《やど》はから南《なむ》　(巻第三・夏歌)

音山《おとは》を越《こ》えける時に、郭公の鳴くを聞きて、よめる　紀友則《きのとものり》

一四二　をとは山けさ越《こ》え来《く》ればほととぎす梢《こずゑ》はるかにいまぞ鳴くなる　紀貫之　(巻第三・夏歌)

一五四　夜やくらき道やまどへるほととぎすわが宿をしも過ぎがてになく　紀貫之　(巻第三・夏歌)

一五六　夏の夜の臥すかとすれば郭公鳴く一声にあくるしののめ　壬生忠岑《みぶのただみね》　(巻第三・夏歌)

一五七　暮るるかと見れば明けぬる夏の夜を飽かずとや鳴く山郭公　敏行《としゆきの》朝臣　(巻第三・夏歌)

五七八　わがごとく物や悲しきほととぎす時ぞともなく夜《よ》ただなく覧《らむ》　読み人しらず　(巻第十二・恋歌二)

六四一　ほととぎす夢かうつつか朝露《あさつゆ》のおきて別れし暁のこゑ　(巻第十三・恋歌三)

藤原高経朝臣の、身まかりての又の年の夏、
郭公の鳴きけるを聞きて、よめる　貫之

八四九　ほととぎす今朝《けさ》なく声《こゑ》におどろけばきみに別れし時にぞ有《あり》ける　(巻第十六・哀傷歌)

傍線で引いた部分のとおり、「今朝」か「夜」かという漠然とした表現がほとんどである。但し、一五六番と六四一番は例外である。一五六番は夏の短い夜はまるでほととぎすの一声のように、あっという間に明けてしまう、夜と明け方の時間の短さを強調している歌である。「しののめ」を「夏の夜の臥すか」と対照して捉えているのである。六四一番は通い婚という結婚形態に即した恋歌である。「暁」が男女が別れるタイミングを表している。即ち、男女の別れがたい心情をほととぎすの声に託して表現しているのである。ということで、「今朝」「夜」「暁」という時間表現が『古今集』には現れているのである。

そして、鳴く場所については、主として「我が宿」と設定しているが、その一方、花橘、卯の花に宿る歌も三

首ある。

一四一　けさ来鳴《きな》きいまだ旅《たび》なる郭公花たちばなに宿《やど》はからなむ　読人知らず　（巻第三・夏歌）

一五五　宿りせし花橘も枯れなくになど時鳥声たえぬらむ　大江千里　（巻第三・夏歌）

郭公の鳴きけるを聞きて、よめる　躬恒《みつね》

一六四　ほととぎす我がとはなしに卯の花のうき世の中に鳴き渡るらむ　（巻第三・夏歌）

このように、『古今集』と比較して、『枕草子』ではほととぎすの登場を厳密に限定していることが伺える。時間については、五月のある日の「今朝」か「夜」かではなく、四月の上旬、「祭のころ」、「祭りの翌日」、五月五日端午の節句の「朝」と「夕方」、「五月雨の夜」、「六月」など、場所については、和歌伝統の「卯の花・花橘の中」のほか、紫野の「雲林院・知足院」のあたり、宮中、賀茂の奥の藤原明順の家など、その日の出来事と共に具体的に時間や場所を設けているのである。

三　表現上における作者の工夫

『枕草子』におけるほととぎすには華やかなイメージが伝わってくるが、それはほととぎすが年中行事に位置付けられ、晴れやかな雰囲気に包まれたからであることを一の部分に述べてきた。このような伝統的な和歌を乗り越えて生活体験に即した風情が溢れるほととぎす像が創り出される根底には、作者にほととぎすに対する深い愛着の念があったからである。この愛着の念をいかに表したのか、表現上における作者の工夫について、考えてみたい。

①では、作者は初夏のほととぎすの小さく低い声を耳にして、「空耳」かしら、自らの幻聴ではないかと信じ

難い心境を描いている。夕闇の中、まだ途中にいるのだろうが、いかにも不案内、おぼつかない声だ、それにしても聞いてこれ以上の喜びはない、という。「たどたどしき」で、小鳥の不安げな心境を想像する作者の姿勢が見られる。また、「忍びたる」声という表現を通して、ほととぎすの存在およびその心を理解しようとする作者の、小さな生き物に親しむ気持ちが伝わってくるのである。

④の「節は、五月にしく月はなし」段の最後の、「夕暮のほどに、郭公の名乗りてわたるも、すべていみじき」に出てきた「名乗り」という表現も同様である。人が名乗るのと同じように、ほととぎすは独特な声で、自分の存在を鮮明に知らせている。「名乗る」には、主体性のあるほととぎすのイメージが託されている。単に、夏季の到来を告げる小鳥としてではなく、自分の存在をアピールしたい生き物としてのほととぎすが描かれている。先の「たどたどしき」と同じことであるが、ほととぎすの美声を直接には捉えていない、どのような気持ちで鳴いているかに耳目を集中して、小鳥の心境を想像しながら描いている。この点は、『古今集』からは伝わってこない音であって、『枕草子』の特有の描写方法である。

この特徴についてより明白にするために、⑥にある「愛敬づき」という言葉の『枕草子』における使用状況について調べることとする。

（中略）主殿司《とのもづかさ》の、顔愛敬《あいぎやう》づきたらむ一人《ひとり》持《も》たりて、装束《さうぞく》時にしたがひ、裳《も》、唐衣《からぎぬ》など、今めかしくて、ありかせばやとこそおぼゆれ。

（四五段「主殿司《とのもづかさ》こそ、なほをかしきものはあれ」一〇三頁）

七つ八つばかりなるをのこ子《ご》の、声愛敬づきおごりたる声にて、侍《さぶらひ》のをのこども呼びつき、物など言ひたる、いとをかし。

（一一六段「正月に寺に籠りたるは」二二四頁）

宮も笑はせたまふを、引きゆるがしたてまつりて、「などかくははからせおはしまししぞ。なほ疑ひもなく手をうち洗ひて、伏し拝《をが》みたてまつりし事よ」と、笑ひねたがりゐたまへるさまも、いとほこりかに愛敬《あいきやう》づきてをかし。

（一三二段「円融院の御果ての年」二五三頁）

十八、九ばかりの人の、髪いとうるはしくて、たけばかりに、裾《すそ》いとふさやかなる、いとよう肥《こ》えて、いみじう色白う、顔愛敬《あいきやう》づき、よしと見ゆるが、（後略）

（一八一段「病は」三一八頁）

美しく見える「主殿司」の顔つき、貴族の「子供」の使用人を呼ぶ可愛い声、君寵をうけた籐三位の中宮を引っ張って揺すぶる様子などについて「愛敬づき」を用いて、大変魅力のあることと清少納言は評価しているのである。よって、彼女が「主殿司」「貴族の子供」「藤三位」に対して親近感と愛情を持ちながら賞賛する気持ちが伝わってくる。同じことで、⑥の中、五月雨の夜にほととぎすの鳴きなれた美声にすっかりと魅了されていることで、「愛敬づき」を通して、作者のほととぎすへの愛着の念が率直に表されているのである。

当然、この一節には「したり顔」「宿りをして」「かくれたる」「ねたげなる心」などの表現もあるが、ほととぎすの鳴く様子、声の高低状態が生き生きと再現されている。

夕方、夜は朝と違って視界が闇に遮られ、作者が耳に任せ、人より早くほととぎすの一声、二声を楽しみたいとしている。待ちに待ったほととぎすの鳴き声を一旦耳にして、その喜びはいうまでもない。作者にとってほととぎすはただ単なる小鳥ではなく、彼女に表現できないほどの喜びを与える、魅力溢れる大切なパートナーである。それ故、「愛敬づき」など擬人的表現を用いて、愛情を込めてほととぎすの心情をあれこれ想像しているのである。

おわりに

清少納言は万葉以来、詠みつづけられた「ほととぎす」に対して、新たな詠み方、綴り方を苦悩の中で探っていたのである。第九五段「五月の御精進のほど」では、新たな「出張報告書」――ほととぎすの歌を作り上げたかったために、創作上における伝統と創新の間における悪戦苦闘（注7）が描かれている。そして、本章は『古今集』に比べて、実生活に基づくほととぎす像、ほととぎす登場条件の設定、表現上における作者の工夫という三つの方面から、清少納言の独自な描き方を新たに考えた。即ち、

①清少納言がほととぎすを四、五月にある賀茂祭や端午の節句に融合して、祭りには欠かせない添え物として、現実にある華やかなほととぎす像を捉えている。『古今集』に出ている憂いのイメージをまったく取り入れていないのである。

②ほととぎすの登場について、具体性のある時間と場所を設定している。時間は「祭のころ」、「祭の翌日」、「五月五日の朝」、または「五月五日の夕方」など、場所は「雲林院・知足院」のあたり、宮中、賀茂の奥の藤原明順の家などである。『古今集』の「今朝」か「夜」か、そして場所についての「我が宿」「卯の花・花橘の中」という単純、漠然とした設定をしていないのである。

③ほととぎすが単に夏季の到来を告げる小鳥としてではなく、自分の存在をアピールしたい生き物として描かれている。「名乗り」「たどたどしき」「愛敬づき」「したり顔」「宿りをして」などの表現を用いており、ほととぎすの美声を直接に捉えていない。どのような気持ちで鳴いているのかに傾聴して、小鳥の心境を想像しながら描いている。これは『古今集』からは決して伝わってこない音であって、『枕草子』のみの特有の

表現手法である。

注

（1）村井順「清少納言とホトトギス・ウグイス」（『淑徳国文』巻二二　一九七五年一月）
（2）『新日本古典文学大系5　古今和歌集』による。以下同じ。
（3）気象庁予報課予報技術研究会編『四季の天気予報と気象災害』（海文堂　一九六八年）
（4）久保田淳・馬場あきこ編『歌ことば歌枕大辞典』（角川書店　一九九九年五月　三八六頁）
（5）この点は安良岡康作の御論「日本随筆文藝における枕草子」（『枕草子講座Ⅰ　清少納言とその文学』　一八七頁）によった。
（6）東洋文庫324『荊楚歳時記』（平凡社　一九七八年）一四四頁。
（7）古瀬雅義「清少納言と郭公歌――郭公詠の伝統と創造の間の苦闘」（『古代中世国文学』巻六　一九九五年三月）

第四章　「ほととぎす」を通してみた清少納言の情
——漢詩文における「杜鵑」と比較して——

はじめに

『枕草子』ではほととぎすが八つの章段にわたって、季節の風物として生き生きと描かれている。その八つの章段は三段「正月一日は」、三五段「木の花は」、三七段「節は」、三九段「鳥は」、九五段「五月の御精進のほど」、二〇六段「見物は」、二一〇段「賀茂へ詣る道に」、一本一「夜まさりするもの」である。しかし、その一方、中国の漢詩文では、ほととぎすに相当する「杜鵑」の場合は古くから激しい鳴き声で、人間の感傷を極めて掻き立てる悲しい鳥として多く詠まれている。漢詩文の影響を受けて、『古今和歌集』においてもほととぎすの悲しいイメージを詠んだ和歌が多々ある。

ところで、どうして清少納言がほととぎすの悲しいイメージを抹消して、夏季の快活な鳥としてしか捉えていないか。本章は、和歌伝統の継承、年中行事との融合、ほととぎすの鳴き声への賞美、という三つの方面から作者の創作意図を考察し、漢詩文で詠まれた「杜鵑」と比較したい。

一　和歌伝統の継承

前章（注1）では、清少納言が和歌の世界を乗り越えて独自にほととぎすを捉えていることを述べたが、本章では、その一方、和歌伝統を継承している一面もあることについて、まず言及したい。ここで、ほととぎすを「五月雨の夜」「花橘」「卯の花」と取り合わせて、季節感を重んじる和歌の伝統をふまえている点について考える。

1、「五月雨の夜」との取り合わせ

①郭公は、なほさらに言ふべき方《かた》なし。いつしかしたり顔《がほ》にも聞えたるに、卯《う》の花、花橘《はなたちばな》などに宿りをしてはたかくれたるも、ねたげなる心ばへなり。
五月雨《さみだれ》の短き夜に寝ざめをして、いかで人よりさきに聞かむと待たれて、夜深《よぶか》くうち出《い》でたる声のらうらうじう愛敬《あいぎょう》づきたる、いみじう心あくがれ、せむ方《かた》なし。六月になりぬれば、音《おと》もせずなりぬる、すべて言ふもおろかなり。（三九段「鳥は」　九七頁）

この部分は、時間の順で来たばかりの頃の、「卯の花・花橘」に宿るほととぎすの様子、五月雨の夜におけるほととぎすの現れ、六月になると音も姿も消えてしまうという三部構成からなっている。

「卯の花・花橘」について、後に述べるが、中間部、五月雨の夜の場合は作者の切実な期待とほととぎすの高らかな鳴き声の素晴らしさへの賞美が描写のポイントである。人より先にほととぎすの美声を聴こうと、目を覚

ましてずっとほととぎすの飛来を待ちつづける。夜が刻々とふけて、ほととぎすが美声を披露して飛び渡っていく。とても洗練した魅力のある声で、それを聴くと、まるで魂が自分から飛び出すように、わくわくしてどうしようもないのである。

真夜中に鳴くという時間の設定と鳴き声がきわめて高いという二点は、『古今和歌集』（注2）では詠む。

寛平御時后《くわんぴやうのおほむとききさいの》宮の歌合の歌　紀友則

一五三　五月雨に　物思ひをれば　郭公　夜ぶかく鳴きて　いづちゆくらむ

郭公の鳴くを聞きてよめる　つらゆき

一六〇　五月雨の　空もとどろに　郭公　なにを憂しとか　夜ただなくらむ

古歌奉りし時の目録のその長歌　つらゆき

一〇〇二　ちはやぶる　神の御代より　呉竹の　よよにも絶えず　天彦の　音羽の山の　春霞　思ひ乱れて
五月雨の　空もとどろに　さ夜ふけて　山郭公　鳴くごとに　誰も寝覚めて（後略）

右の三首は、「夜ぶかく鳴きて」（一五三）、「空もとどろ」（一六〇・一〇〇二）、「さ夜ふけて」（一〇〇二）で、ほととぎすの鳴く時間と鳴き声を表現している。特に鳴き声については、荒い波や風、または瀧、雷などの、どうどうと大きくて鳴り響くような音を表わす「とどろ」を用いている。

五月雨の夜のほととぎすは精一杯に声を出しているに違いない。同じ情景を目の前にした清少納言は自然にあるままのほととぎすの姿を重視する和歌的な捉え方を固守して、真夜中にその洗練した声を期待し、賞賛しているのである。

2、「花橘」との取り合わせ

②四月のつごもり、五月のついたちのころほひ、橘《たちばな》の葉の濃く青きに、花のいと白う咲きたるが、雨うち降りたるつとめてなどは、世になう心あるさまにをかし。花の中より黄金《こがね》の玉かと見えて、いみじうあざやかに見えたるなど、朝露に濡《ぬ》れたるあさぼらけの桜におとらず。郭公《ほととぎす》のよすがとさへ思へばにや、なほさらに言ふべうもあらず。　（三五段「木の花は」　八六頁）

「木の花は」における「藤の花」に続き、「花橘」の美しさを称える部分である（注3）。その可憐な姿について、まず、四月の末か、五月の初め頃に、特に雨天の朝方に咲いた様子がとても美しいことをあげている。濃い青色の葉の上に咲いた白い花は、雨に濡れた朝方になると、世に類ないほど情趣があって面白い。その次に、花の中から見える花芯があざやかでとてもかわいいことを言い続けている。その花芯が黄金の玉かのように見えて、朝露に濡れたあさぼらけの桜の風情に劣らない。

可愛らしい様子とつながって、ほととぎすと深い縁があるという花橘のもう一つの特徴が加わっている。ほととぎすが花橘を宿りにして寄ってくることはいう必要がないほど素晴らしい。即ち、清少納言が歌に多く詠まれるほととぎすと橘の取り合わせを踏まえて、両者の切り離してはならない関係を喚起して、ほととぎすが宿るからこそ橘の花は一層情趣があることを強調しているのである。

ほととぎすと橘を取り合わせて詠んだ歌を挙げると、『古今和歌集』（巻第三・夏歌）には、

一四一　けさ来鳴き　いまだ旅なる　郭公　花橘に　宿はからなむ　大江千里

一五五　やどりせし　花橘も　かれなくに　など郭公　声たえぬらむ

という二首がある。一四一番は、今朝来たばかり、まだ落ち着いていないほととぎすにうちの庭にある花橘に宿を借りてくれないか、と呼びかけている歌であって、一五五番は、ほととぎすがしばらく宿りをした花橘も枯れていないのに、ほととぎすの声がしなくなった。それはなぜだろう。山に帰る、すでにいなくなったほととぎすを惜しむ歌である。いずれも、橘の花が咲けば、ほととぎすが必ずその花の奥に隠れているという伝統通念が根底にあったからである。

3、「卯の花」との取り合わせ

九五段「五月の御精進のほど」は作者をはじめ、女房四人がほととぎすの鳴き声を聞きに出かけたことをめぐって展開した話である。その中には「卯の花」と関連した描写が二箇所ある。一箇所は、賀茂の奥、中宮定子の伯父・藤原明順朝臣の家で「かしがまし」と思われるほどほととぎすの鳴き声を満喫して、宮中に戻る途中に、

③（前略）卯の花のいみじう咲きたるを折りて、車の簾、かたはらなどにさしあまりて、おそひ、棟などに、長き枝を葺きたるやうにさしたれば、ただ卯の花の垣根を牛にかけたるぞと見ゆる。供なるをのこども、いみじう笑ひつつ、「ここまだし」「ここまだし」と、さしあへり。

（九五段「五月の御精進のほど」　一八六頁）

というシーンである。有り余った卯の花を折って牛車を飾る。この風流な行いを見て、供の男たちも関心を寄せ、

笑いながら挿し合っているのである。もう一箇所は、宮中に戻った後、ほととぎすの歌ができず、中宮定子に叱られて、歌を詠む相談などしている時に、

（前略）藤侍従《とうじじゅう》、ありつる花につけて、卯の花の薄様《うすやう》に書きたり、この歌おぼえず。（同上　一八九頁）

という描写が続いている。藤侍従が先ほど持って帰った卯の花につけて、卯の花がさねの薄様に歌が書いてある手紙を届けてくる。異本、能因本（注4）には「卯の花の薄様に」の次に「郭公鳴く音たづねにきみ行くと聞かば心を添へもしてまし」の歌が続いている。この場合、ほととぎすの歌に卯の花を飾るもう一種の風流が表されている。

その他、二〇六段「見物は」にはもう一例がある。

④はるかげに言ひつれど、ほどなく還《かへ》らせたまふ。扇《おふぎ》よりはじめ、青朽葉《あをくちば》どもの、いとをかしう見ゆるに、所の衆の、青色に白襲《しらがさね》をけしきばかりひきかけたるは、卯の花の垣根近うおぼえて、郭公も陰に隠れぬべくぞ見ゆるかし。（二〇六段「見物は」　三四四頁）

ほととぎすと卯の花との組み合わせが比喩の表現として、蔵人所の衆の、晴れの日に限って青色の袍をゆるされて着て、それに白い下襲の裾を帯にちょっとはさんだ姿にはほととぎすが隠れているのかと譬えている。

その一方、和歌の場合、ほととぎすに卯の花をつけるのは一つの詠み方として定着しているようである。「延喜十三年亭子院歌合」（注5）「詞書」では、「歌は、霞のは山につけたり。鶯のは花につけたり。郭公のは卯の花

につけたり」といっている。『古今和歌集』（巻第三・夏歌）には

郭公の鳴きけるを聞きてよめる　　　みつね

一六四　ほととぎす　我とはなしに　卯の花の　憂き世の中に　なきわたるらむ

がある。「卯の花」は次の句の「憂《う》」を引き出す枕詞であるが、ほととぎすが鳴くのが「卯の花」の咲く季節であることをも表している。

ほととぎすが飛来している頃はちょうど「卯の花」の満開の時期である。季節の風物として両者は関係付けられている。清少納言はこの和歌の伝統を受け継ぎ、風流の行いによって、ほととぎすと卯の花を更に情趣的に結び付けようとしている。

このように、清少納言は夏季の象徴であるほととぎすを孤立的に捉えているのではなく、伝統的和歌との組み合わせをしっかり守っており、同じ季節の風物「五月雨の夜」「花橘」「卯の花」と共に豊かな季節感を再現しているのである。

二　年中行事との融合

ほととぎすは夏季の鳥として重要視されている。とりわけ、人事の動き——年中行事にはなくてはならない季節の象徴として捉えられている。夏季の年中行事というと、藤原時代には最も盛大な「賀茂の祭り」と中国から日本に伝わってきた伝統行事「端午の節句」であるが、清少納言はほととぎすをこの二つの行事に関連付けて、欠かせない季節の風物として描いている。

例えば、四月上中旬、賀茂の祭りが近づく頃から、作者がほととぎすの初音を聴こうと待ちはじめている。

⑤四月、祭りのころ、いとをかし。上達部、殿上人も、うへの衣の濃き薄きばかりのけぢめにて、白襲ども同じさまに、涼しげにをかし。木々の木《こ》の葉まだいとしげうはあらで、わかやかに青みわたりたるに、霞《かすみ》も霧もへだてぬ空のけしきの、何《なに》となくすずろにをかしきに、すこし曇《くも》りたる夕つ方、夜《よる》など、しのびたる郭公の、遠く空音《そらね》かとおぼゆばかりたどたどしきを聞きつけたらむは、なに心地《ごこち》かせむ。

（三段「頃は」　三〇頁）

ちょうど春から夏にかかる季節の変わり目であって、人々の服装にしても、木々や空の様子にしても、夏らしく変貌しているところである。一年一度訪れてくる候鳥・ほととぎすも、人事や植物と共に、遠くから少しずつ近づいているようである。昼の喧囂が静まり、夕方・夜になると、作者は耳を澄ましてほととぎすの鳴き声を聴き探る。時に聞き間違いではないかと思われるほど、おぼつかない鳴き声を聞きつけたら、何ともいいようも無い気持ちである。まだまだ遠くにいるようだが、微かな鳴き声を感知した作者は、ほととぎすが例年と同じように、望むとおりに飛来してくれたことを大変喜んでいる。

ところで、夏が深まるにつれて、特に祭りの真っ最中になると、ほととぎすの様子はどうであろうか。

⑥祭のかへさ、いとをかし。昨日《きのふ》は（中略）。今日《けふ》はいととくいそぎ出でて、雲林院《うりんゐん》、知足院《ちそくゐん》などのもとに立てる車ども、葵《あふひ》、桂《かつら》どももうちなびきて見ゆる。日は出でたれども、空はなほうち曇りたるに、いみじういかで聞かむと目をさまし起きゐて待たるる郭公の、あまたさへあるにやと鳴きひびかすは、いみじうめでたしと思ふに、鶯《うぐひす》の老いたる声して、かれに似せむと、をしくうち添へたるこそにくけれど、またをかしけれ。

（二〇六段「見物は」　三四三頁）

祭りの翌日、雲林院・知足院のあたりで、紫野の斎院に還る行列を待つあさぼらけの頃の郊外の風景である。日が出ているが、空はまだ曇っている。ちょうどそのとき、夜遅くまで起きて待っていたほととぎすが、思いがけず、数多く鳴き響かせている。祭りの雰囲気を掻き立てているように、たいへん結構なことである。その中にいる鶯は、この季節の主人公がほととぎすであることを知っているように、ただひたすらにほととぎすに真似た老い声を添えている。それにしても、また風情がある。

そもそも、「この祭りの起源は本朝月令によれば、欽明天皇の御宇、気候不順で五穀が実らず、これを卜させたところ、賀茂神の祟りであるとの告げがあったので、四月吉日を選び、はじめて祭礼が行なわれたが、豊作となったので、毎年の例となり、藤原時代には最も盛大に行なわれるに至った」(注6)という。即ち、賀茂の祭りは今年も豊作であるように祈願する宗教的行事である。作者は自らの願いをほととぎすの現れ、ほととぎすの元気一杯の鳴き声への期待に託して、自然、生活、季節を融合して美的に表しているのである。

次に、五月五日の「端午の節句」について考える。

清少納言は「端午の節供」をめぐって五月という季節について高い関心を示している。邪気を避けることを目的として古くから始まった伝統行事であるが、恒例としてその日になると、さまざまな儀式を行なうのである。作者はその出来事を一つ一つ細かく観察する一方、臭覚、視覚、聴覚などの五感でこの頃の美を鑑賞している。ほととぎすはそのうちの聴覚の代表として欠けてはならない存在である。このような特徴は集中的に現れているのが、三七段「節は、五月にしく月はなし」である。

⑦節《せち》は、五月にしく月はなし。菖蒲《さうぶ》、蓬《よもぎ》などのかをりあひたる、いみじうをかし。i九重《ここのへ》の御殿《ごてん》の上《うへ》をはじめて、言ひ知らぬたみのすみかまで、いかでわがもとにしげく葺《ふ》かむと葺きわたしたる、なほいとめづらし。

いつかはことをりに、さはしたりし。ii空のけしき曇りわたりたるに、中宮などには、縫殿《ぬひどの》より御薬玉《くすだま》とて色々の糸を組みさげてまゐらせたれば、御帳《みちやう》立てたる母屋《もや》の柱に、左右《ひだりみぎ》につけたり。九月九日の菊をあやしき生絹《すずし》の衣《きぬ》に包みてまゐらせたるを、同じ柱に結《ゆ》ひつけて月ごろある、薬玉に解きかへてぞ捨《す》つめる。また薬玉は菊のをりまであるべきにやあらむ。されど、それは、みな糸を引き取りて物結ひなどして、しばしもなし。

iii御節供《おほんせく》まゐり、若き人々、菖蒲《さうぶ》の腰ざし、物忌《ものいみ》つけなどして、さまざまの唐衣《からぎぬ》、汗衫《かざみ》などに、をかしき折枝《をりえだ》ども、長き根にむら濃《ご》の組して結《むす》びつけたるなど、めづらしう言ふべき事ならねど、いとをかし。さて春ごとに咲くとて、桜をよろしう思ふ人やはある。

つちありく童《わらは》べなどの、ほどほどにつけて、いみじきわざしたりと思ひて、常に袂《たもと》まぼり、人のにくらべなど、えもいはずと思ひたるなどを、そばへたる小舎人童《こどねりわらは》などに引きはられて泣くもをかし。**紫紙に楝《おふち》の花、青き紙に菖蒲《やうぶ》の葉ほそくまきて結《ゆ》ひ、また白き紙を根してひき結ひたるもをかし。**いと長き根を、文《ふみ》の中に入れなどしたるを見る心地《ここち》ども、艶《えん》なり。返事《かへりごと》書かむと言ひ合はせ語らふどちは、見せかはしなどするもいとをかし。人のむすめ、やむごとなき所々に御文など聞えたまふ人も、今日《けふ》は心ことにぞ、なまめかしき。**夕暮《ゆふぐれ》のほどに、郭公の名のりしてわたるも、すべていみじき。**

（三七段「節は、五月にしく月はなし」八九頁）

i、ii、iiiは毎年恒例の伝統行事「菖蒲を葺く」こと、「薬玉」を結ぶこと、菖蒲の鬘をすることを記している部分で、ゴシック体は臭覚、視覚、聴覚に関する描写である。

i諸殿舎の軒に菖蒲を葺くのは他の節には見えないこの節の独特な行いとして特筆されている。「五月五日蓬をむすびて、人の形の如くにして、戸の上にかくれば、毒気をはらふ」という趣旨に基づくのである。ii母屋の柱に左右につける「薬玉」には疾をさけ、寿命を延ばす意が込められている。九月九日の日に取替えるのである。そして、iii菖蒲を頭上の髪にさし、また、唐衣などに結びつける風習も、季節の疾病、邪気などを避けるためになされたものである（注7）。

菖蒲は人間が健やかであることを願う一連の行事を飾る重要な植物である。『荊楚歳時期』によれば、『呂氏春秋』巻二十六、任地篇に「冬至の後五旬七日、菖は百草の先ず生ずるものなり」とある。『太平御覧』巻九百九十九、百草部、菖蒲の条所引の『風俗通』に「菖蒲香を放つ、人得て之を食えば長年なり」とある。草の中で最初に生えること、及びその芳香が辟病や長寿の力の源になると考えられたのである。『抱朴子』巻十一、仙薬に『孝経援神契』に曰くとして、「……菖蒲は聡を益し……」とあり、（中略）菖蒲が人を聡明にするとしているが、これは菖蒲の刺戟的な芳香に因んで考え出された話であろう。（後略）（注8）

菖蒲の香りについて、「菖蒲、蓬などのかをりあひたる、いみじうをかし」といったように、清少納言も特に深い関心、興味を示している。採ったばかりの頃のものはもちろんのこと、時期が過ぎて、枯れたものにも変わらぬ気持ちである。

五月の菖蒲の、秋冬過ぐるまであるが、いみじう白《しら》み枯れてあやしきを、引き折りあけたるに、そのをりの香《か》の残りてかかへたる、いみじうをかし。（二一四段「五月の菖蒲の」　三五一頁）

五月は万物が生き生きとして成長する鮮やかな季節である。「草葉も水もいと青く見えわたりたるに」（二〇七段「五月ばかりなどに山里にありく」）と描いたように、この頃の色彩の代表は青色である。そして、作者は青色と赤色との組み合わせに興味を持っているようである。

本段では、紫色の紙に同色の「楝の花《おふち》」を結びつけて、青い紙に同色の菖蒲の葉を細く巻いて結び、また白い紙を菖蒲の根で引き結んでいる。青色の菖蒲を中心に色彩を取り合わせて楽しんでいる。その他、二〇九段「五月四日の夕つ方」においても、

五月四日の夕つ方、青き草おほく、いとうるはしく切りて、左右になひて、赤衣《あかぎぬ》着たる男《をのこ》の行くこそ、をかしけれ。

（二〇九段「五月四日の夕つ方」三四八頁）

とあるように、男が切ったばかりの青色の草と赤色の狩衣と色を組み合わせている。

このような楽しい昼の出来事が終わって、夕方・夜になると、作者がひたすらに待つのはただほととぎすの美声のみである。その独特な洗練した一声、二声が、まるで自分の存在をアピールしているようで、それを聞いた作者がこれ以上の喜びがない。

このように、清少納言が描いたほととぎすはただの鳥ではなく、五月という万物成長の時期の象徴として季節の美感が一層高まる特別な存在である。それ故、作者が五月の節句に言及する都度、ほととぎすを登場させる。九五段「五月の精進のほど」、二〇六段「見物は」もそのような章段である。

⑧つれづれなるを、「郭公《ほととぎす》の声たづねにいかばや」と言ふを、われもわれもと出《い》で立《た》つ。賀茂《かも》の奥に、なにさきとかや、七夕《たなばた》のわたる橋にはあらで、にくき名ぞ聞えし、「そのわたりになむ、郭公鳴く」（中略）、五日のあしたに、宮司《みやづかさ》に、車の案内《あない》言ひて、北の陣《ぢん》より、五月雨はとがめなきものぞ、とて、さしよせて、四人ばかり乗りて行《い》く。（中略）

かくいふ所は、明順《あきのぶ》の朝臣の家なりける。（中略）屋《や》のさまもはかなだち、廊《らう》めきて端近《はしぢか》に、あさはかなれどをかしきに、げにぞかしがましと思ふばかりに鳴き合ひたる郭公の声を、くちをしう、御前に聞しめさせず、さばかりしたひつる人々をと思ふ。（九五段「五月の精進のほど」一八四頁）

五日の朝に、ほととぎすの声を聴くために、作者をはじめ女房四人が賀茂の奥に出かけている。中宮の伯父である藤原明順の家で、たくさんのほととぎすの鳴き声が聴けたのである。作者はたいへん喜んでいるが、中宮や他の女房たちに同じように聴かせたらいいなあと残念に思っている。ほととぎすには作者だけでなく、中宮も女房たちも深く愛着しているのである。

⑨五月こそ世に知らずなまめかしきものなりけれ。されどこの世に絶えにたることとなめれば、いとくちをし。（中略）還《かへ》らせたまふ御輿《こし》の先に、獅子《しし》、狛犬《こまいぬ》など舞ひ、あはれさる事のあらむ、郭公うち鳴き、ころのほどさへ似るものなかりけむかし。（二〇六段「見物は」三四二頁）

作者の意識には、ほととぎすこそ端午の節句の輿に添える不可欠の風物として存在する。一条朝に廃止された武徳殿行幸を回想しても、ほととぎすが欠かさず存在していたことを確信している。

このように、清少納言はほととぎすを最大の年中行事に位置付け、自然と人事と風物とを年中行事と密着させ、自然美、季節美、生活美を融合して描こうとしているのである。

三　ほととぎすの鳴き声への賞美

『枕草子』におけるほととぎすの登場場面を通して、清少納言がほととぎすの鳴き声を聴きたいという期待の姿勢が貫かれている。その一方、ほととぎすはその都度、期待されたとおりに美声を披露し応答する。作者とほととぎすには、息が通じ、理解しあう仲間のように描かれている。

ほととぎすの美声を朝か夜に捉えているが、とりわけ、夕方や夜の時間帯にほととぎすの鳴き声を待ち望む姿勢が印象的である。四月上中旬、賀茂祭を迎える頃（例⑤）から、彼女はもうほととぎすの初音を聴こうと待ちはじめている。周りが静かになって、ほととぎすの小さな声が遠くから伝わってくる。本当に鳴き始めたかと作者は自分の耳さえ信じ難いのである。不安げな鳴き声であるが、期待どおりに鳴いてくれたことに彼女は「なに心地かせむ」とわくわくして大変喜んでいる。端午の節句（例⑦）の前後になると、ほととぎすはすでにやってきている。作者は昼の行事を一つ一つ楽しんだ後、夕方・夜になると、ほととぎすが鳴き渡って行くのを耳にしたら、「すべていみじき」と満足する。

そして、作者のほととぎすに対して深い愛着の念が最も現れているのは、五月雨の夜の場面において、目を覚まして、どうにかして他の人より先に聴こうと待ち続けている姿勢によるのである。待ち望む気持ちがほととぎすに通じたかのように、夜がまだ深いころに鳴き出したその声は、気がきいて、愛敬のある感じがする。それを聴くと、感動してどうしようもない。

また、「なに心地かせむ」、「すべていみじき」、「らうらうじう愛敬づきたる、いみじう心あくがれ、せむ方なし」などがあるように、これらの一つ一つの表現は、自分の期待に答えてくれたほととぎすの美声への作者の最高の賛美でもある。

その一方、朝の場合は、作者が賀茂の奥に出かけるときに限定している。

祭りの翌朝（例⑥）、雲林院・知足院の前で、還さの行列を待っている時に、夜遅くまで待ち続けたほととぎすが思いがけずたくさんいて声を響かせている。倍の力をこめて作者の期待に答えているようである。

端午の節句の朝に、作者と他の女房四人がほととぎすの声を聴くために、賀茂の奥に出かけている。定子の伯父藤原明順の家に到着して、ほととぎすが「げにぞかしがましと思ふばかりに鳴き合ひたる」声で作者の一行を迎えている。望みどおりに外出の目的が見事に達成している。

作者にとって、ほととぎすは大切なパートナーである。作者の期待どおりにその都度立派に鳴いてくれる。また、「夜まさりするもの」にもほととぎすが挙げられているように、昼と比べて、夕方、夜、さらに真夜中にはその声が鮮明で、聴き心地がいい。季節の風物として最高の楽しみを与えてくれたほととぎすの鳴き声を賞美する作者の姿勢が全篇を貫いているのである。

四　漢詩文における「杜鵑」の詠み方

ところで、漢詩文では悲しい鳥・杜鵑はどのように詠まれているのであろうか。主に杜鵑の伝説と生活習性に基づいて、寓意の手法で唐の玄宗を悼む七言詩、杜甫の『杜鵑行』（注9）について考えてみる。

杜鵑行
君不㆑見昔日蜀天子。
化為㆓杜鵑㆒似㆓老烏㆒。

杜鵑行
君《きみ》見ずや昔日《せきじつ》蜀の天子、
化して杜鵑と為《な》りて老烏に似たり。

寄巣生レ子不二自啄一　巣に寄して子を生みて自ら啄《ついば》まず、
群鳥至レ今為哺レ鶵　群鳥今に至るまで為に鶵《すう》を哺す。
雖下同二君臣一有中舊禮上　君臣に舊禮有りと雖ども、
骨肉満眼身羇孤　骨肉満眼《こつにくまんがん》して　身羇孤《みきこ》なり。
業工竄伏深樹裏　業《すで》に工《たくみ》に竄伏《ざんぷく》す　深樹《しんじゅ》の裏、
四月五月偏號呼　四月五月偏《ひとへ》に號呼す。
其聲哀痛口流レ血　其の聲哀痛、口、血を流す、
所訴何事常區區　訴ふる所何事ぞ　常に區區たり。
爾豈摧残始発憤　爾豈《なんぢあ》に摧残《さいざん》せられて始めて発憤《はっぷん》するか、
羞レ帯二羽翮一傷二形愚一　羽翮《うかく》を帯ぶるを羞ぢ　形の愚《ぐ》なるを傷む。
蒼天變化誰料得　蒼天變化　誰か料り得む、
萬事反覆何所レ無　萬事反覆　何の無き所ぞ。
萬事反覆何所レ無　萬事反覆　何の無き所ぞ、
豈憶當レ殿群臣趨　豈に憶《おも》はむや　殿に當《あた》って群臣の趨《すう》せしことを。

この詩は、「杜宇化鳥」の伝説（注10）を以って起きている。蜀の天子・杜宇は自らの帝位を治水の功臣・開明に譲って去っていく。その時ちょうど杜鵑が鳴いたので、杜宇の魂が杜鵑に化したと思われた。以来、杜鵑が鳴く時期になると、杜宇の魂が帰ってきたと伝えてきたのである。

三、四句は、鳥・杜鵑の特性が綴られている。杜宇の魂が杜鵑に化して、老いる鳥のように大きい鳥となる。

自身に巣を作ることをしないし、卵は生み放しで、その卵を孵して、雛に餌を与えることをしない。何でも他の鳥が自分の卵を生み付けたり雛を哺したりしてくれる。この杜鵑の「寄巣生子」の習性を借りて、杜甫は玄宗とその御子たちのことを譬えている。帝位に即した粛宗は、父帝玄宗が他の御子を自分に代えるという李輔国などの宦官の離間策を信じ込んで、玄宗を他の御子と面会できないように、独り南内の中に幽閉して、病気になるまでにさせたのである。この意味合は五、六句の「雖同君臣有舊禮、骨肉満眼身羇孤」にある。君臣の間には旧礼があるが、父子の間には恩愛が薄れている。自分が生んだ子を自ら育てられず、他人が育てるということから、愛情が薄くなるのである。

七、八、九、十句は再び杜鵑の習性に関する描写が続いている。深樹の中に、業に巧みに竄伏して、姿を見せない。四月五月になると、身を隠しながら悲しい声を張り上げる。その鳴き声が物悲しくて仕方が無い。その結果、口から血を流すことに至る。この鳥は何のためにこのように悲しい声を揚げて鳴くのか。その理由は十一、十二句にある。それは憂目に逢って摧残を受けたから、発憤して鳴くのであろう。もともと天子であったが、鳥に化して羽が生えてくる。特に老鳥に似て、愚かな形になってしまう。以前の見栄えがしない故に、悲しくて鳴き続けるのであろう。

最後の四句は作者の詠嘆である。蒼天の変化は料り難いものであって、その思い寄らぬ事が、何時の時代でも必ずあることである。しかし、そうはいえ、昔、天子は立派な宮殿の上に坐って、群臣百官が趨拝して威儀を正して参朝したことを記憶しておきたい。杜甫は玄宗を物悲しく悼んでいる。その悲しい気持ちを悲劇の鳥・杜鵑に託して、遠く栄華した時代を追憶する意を表しているのである。

このように、漢詩文では「杜鵑」は古くから作者の悲しい気持ちを掻き立てる題材として詠まれている。その中で、杜甫の『杜鵑行』にあったように直接に杜鵑の伝説、蜀の天子の魂が化した話をふまえて、国家の興衰、政権の交代を背景にして、過去の栄えを惜しむ詩がある一方、個人の政治的な失脚、左遷された時、旅先での帰心の思いが深まる時に、「杜鵑」を詠む場合が多いようである。

周知のように、詩人白居易は九江郡司馬に左遷されたことがある。そのときの心境について、『琵琶行』（注11）でこのように述べている。

我従㆔去年辞㆓帝京㆒　　我《われ》　去年《きょねん》　帝京《ていけい》を辞《じ》して従《よ》り
謫居臥㆑病潯陽城　　謫居《たつきょ》して病《やまい》に臥《ふ》す潯陽城《じんようじょう》
潯陽地僻無㆓音楽㆒　　潯陽《じんよう》　地僻《ちへき》にして音楽《おんがく》無く
終歳不㆑聞㆓糸竹声㆒　　終歳《しゅうさい》　糸竹《しちく》の声《こえ》を聞《き》かず
住近㆓湓江㆒地低湿　　住《す》まいは湓江《ぼんこう》に近《ちか》くして　地《ち》は低湿《ていしつ》
黄蘆苦竹繞㆑宅生　　黄蘆《こうろ》　苦竹《くちく》　宅を繞《めぐ》りて生《しょう》ず
其間旦暮聞㆓何物㆒　　其《そ》の間《かん》　旦暮《たんぼ》　何物《なにもの》をか聞《き》く
杜鵑啼㆑血猿哀鳴　　杜鵑《とけん》は血《ち》に啼《な》き　猿《さる》は哀鳴《あいめい》す（後略）

芸術らしい音楽を聞く機会がない長安都を離れる潯陽の町では、ただ聞くのは、血を吐いて鳴く杜鵑と悲しげに鳴く猿の声である。詩人は慣れがたい厳しい環境、言葉も通じない孤独、不幸の思いを杜鵑と猿の悲鳴に託して言い表している。

おわりに

漢詩文では杜鵑は作者の悲しい気持ちを掻き立てる役割として詠まれている。杜鵑を取り込んだ作品を概観してみれば、杜甫の『杜鵑行』にあったような国家の興衰、政権の交代を背景にして、過去の栄えを惜しむ詩があれば、白居易が『琵琶行』で個人の不本意や悲しみを詠んだ詩がある。

しかし、清少納言はほととぎすを季節の鳥として最高の讃美を与えている。祭りが近づく四月の夕方・夜などに、作者は人目を忍んで熱心にほととぎすの初音を聴き望んでいる。はっきりとしない声を耳にしたら「なに心地かせむ」と、これ以上喜びのない心境を表している。また、五月雨の真夜中の場合、ほととぎすが洗練された声で、作者の期待した以上に鳴いてくれている。その鳴き慣れた可愛らしい声を聴くと「いみじう心あくがれ、せむ方なし」と最高級の評価を作者は下している。しかも、「たどたどしき」「名乗り」「愛敬づき」「したり顔」「宿りをして」などの擬人化した表現を用いて、ほととぎすの鳴いている気持ちとその心境を想像している。清少納言の心にはほととぎすしかない。彼女は精神力の全てをほととぎすに注いでいる。彼女にとってはほととぎすはただの小鳥ではなく、期待に添ってくれる心の通じ合う存在なのである。

このように、最高の鳥・ほととぎすに対して、より季節の美感を引き立てるために、作者は和歌伝統をふまえ、ほととぎすを同じ季節の風物「五月雨の夜」「花橘」「卯の花」と組み合わせながら、その時期の年中行事――賀茂の祭り、端午の節句などに融合させて、自分にとってなくてはならないほととぎすとの心通じ合う関係を築いている。それ故、中国漢詩文で詠まれた悲しいイメージが見えず、萬物成長期における生き生きとした情趣の溢れる快活な鳥として読者に呈されているのである。

注

（1）『日本言語文化論文集――孫宗光先生喜寿記念文集』（北京大学出版社　二〇〇三年十二月）

（2）和歌の引文は小沢正夫校注・訳『新編日本古典文学全集7　古今和歌集』（小学館）による。以下同じ。

（3）能因本は「藤の花」の次に「卯の花」が続いている。
（4）田中重太郎著『枕草子全註釈　二』におけるこの章段の「校異」による。三〇二頁。
（5）『新編国歌大観　第五巻歌合集』（角川書店）「10亭子合」。
（6）池田亀鑑著『平安時代の文学と生活』（至文堂　一九二六年六月）による。五五七頁。
（7）注6の書の「夏の年中行事――端午の節句」についての説明を参考にしてこの部分を記した。
（8）守屋美都雄訳注『東洋文庫324　荊楚歳時記』（平凡社　一九七八年二月）　一四六頁。
（9）鈴木虎雄訳『杜甫詩全集　第二巻』（誠進社　一九七八年六月）　四一三頁。
（10）唐の劉知幾撰『史通』巻18雑説下には「称杜魂化而為鵑」の一文がある。
（11）西村冨美子著『鑑賞中国の古典　第18巻　白楽天』（角川書店　一九八八年）

第Ⅱ部　平安時代の夜の音の風景

『枕草子』における聴覚的表現の研究について、最初に提起したのは石田穣二氏である。氏は「耳の感受」を再現する「源氏物語の聴覚的印象」（一九四九年）（注1）の論文で、伝聞又は推量の助動詞「なり」をめぐって、『枕草子』における聴覚的描写は「非肉体的」、「内容的には何も書かれてゐないに等しい」、「非人間的な風景それ自体である」と指摘し、「我々は枕草子の無内容的感覚に、源氏物語に対比せしめ得るすぐれた對照を考へたが、聴覚といふ感覚契機がその非存在と顯在とによって、一方にはすべてを拒否し、他方には、凡そあらゆる意味をこれに内在せしめた光景を私は思って見る」と述べている。

しかし、枕草子には源氏物語とは別種の達成があり、独自な論理がある。沢田正子氏は「枕草子の音の美学」（一九八四年）（注2）で、「視覚性、絵画性が強いといわれる枕草子である一方、音に対する感覚なども多様な面からこの作品の美意識や美学を支えている」と明らかにし、枕草子が採取した音は清少納言が「精一杯の美的感受性を聴覚の世界に動員して得た、この草子の美しい子役たちなのである」と論じている。

以上のような先行研究をふまえながら、第Ⅱ部では、『夜まさりするもの』段における『琴の声』――白居易の『清夜琴興』詩などを通して――」、「清少納言の音・声への美意識――『しのびやか（に・なる）』をめぐって――」の二編に、『末摘花』巻における琴を『ほのかに掻き鳴らし』――『うつほ物語』の『俊蔭』巻と比較して」を加えて、さらに「漢籍における「かすか（な）」音・声――白居易の『琵琶行』を中心にして――」と比較する。よって、清少納言がいかに宮中の夜の音の風景を描いているかについて考えてみたい。

注

（1）石田穣二「源氏物語における聴覚的印象」（『国語と国文学』昭和二十四年十二月）

（2）沢田正子「枕草子の音の美学」（『静岡英和女子学院短期大学紀要』一九八四年三月）

第一章　「夜まさりするもの」段における「琴の声」
——白居易の『清夜琴興』詩などを通して——

はじめに

『枕草子』における類聚的章段、一本一の「夜まさりするもの」では「琴の声」が取り上げられている。それに対して、各注釈（注1）、または磯水絵氏の調査（注2）は、「七絃の琴」、「理由不明」、「その音色はそれほど知られていたわけではなく、もっぱら漢詩文の世界において称揚されていた存在ではなかったろうか」としか説明せず、「琴の声」が夜にまさる理由については全く触れていない。

どうして夜に「琴の声」がよいのか。本章は、『枕草子』に影響を与えていたと言われる白居易の作品、特にそのうちの『清夜琴興』詩を中心に、漢詩文における「夜の琴の声」を考察する。よって、「夜まさりするもの」としての「琴の声」を捉えようとする清少納言の目的を考えてみたい。

一　「夜まさりするもの」段における「琴の声」

まず、一本一「夜まさりするもの」の本文を挙げる。

夜《よ》まさりするもの　①濃き掻練《かいねり》のつや。②むしりたる綿《わた》。女は③額《ひたひ》はれたるが④髪《かみ》うるはしき。⑤琴《きん》の声《こゑ》。⑥かたちわろき人のけはひよき。⑦郭公《ほととぎす》。⑧滝《たき》の音《おと》。（記号は筆者。）

（一本一「夜まさりするもの」　四五三頁）

①から⑧までの数字で示したように、作者は「夜まさりするもの」として八つの事柄を取り上げている。①「濃き掻練のつや」については、萩谷朴氏は（注3）、「紅の練絹を砧で打って光沢を出した打衣を掻練という。「濃き」という形容詞が服色に用いられた時には、濃い紅と濃い紫といずれかを意味するが、掻練りは通常紅である上に、夜間の燈火で色彩効果が上がるものとしては、次段に「紫の織物」を「火影に劣るもの」としていることからして、濃い紅に限定されることがわかる」といい、それに続く②「むしりたる綿」については、「真綿の、柔らかいが、しかも鋭い光沢が、夜間燈火の照明によって、一層引き立つ」と説明している。一三六段「なほめでたきこと」、二八三段「十二月二十四日、宮の御仏名《ぶつみやう》の」には、「火のかげ」や「月光」によって服装が艶やかに見える描写が出ている。

「（前略）火のかげに半臂《はんぴ》の緒《を》、衣《きぬ》のつやも、昼よりはこよなうまさりてぞ見ゆる。」（一三六段）

「濃き衣のいとあざやかなるつやなど、月に映えてをかしう見ゆるかたはらに、（後略）」（二八三段）

服装に関する描写に続き、夜のほのかな光を女性の顔つき・髪の色つやと結び付けて、「額はれたるが髪うるはしき」が挙げられている。少々出張っている額、つやつやとした髪がともしびによって美しく見える。すぐに中宮定子を描いた場面が想起させられる。

（前略）大殿油まゐるほどに、（中略）いと黒うつややかなる琵琶《びは》に、御袖《そで》をうちかけてとらへさせたまへるだに、めでたきに、そばより御額《ひだひ》のほどのいみじう白うめでたくけざやかにて、はづれさせたまへる。（後略）
（九〇段「上の御局の御簾の前にて」　一七七頁）

灯火のもとで琵琶を抱く中宮定子の美しいご様子を、額のあたりが一層白く美しくくっきりとこぼれ出ていらっしゃることなどを通して褒め称えているのである。

ところで、文章の流れは、「琴の声」をきっかけに、前半の夜の灯火に照らされた見た目に綺麗な服装や女性の美しい姿という視覚的、静態的な事柄から、後半の夜に相応しい音響「かたちわろき人のけはひ」「郭公《ほととぎす》」「滝《たき》の音《おと》」など聴覚的、動的、雰囲気的なものに移っていく。

⑥「かたちわろき人のけはひよき」について、根来司氏の「けはひ」の解釈によれば、「「けはひ」は聴覚的雰囲気的意味で用いられる、（中略）情趣的な観念的な把握であって、漠然と全体的な感じで知られる」（注4）と述べたように、醜い顔が薄い光で少々隠れてしまうが、そのそよそよとした衣擦れや身動きなどが夜の静かな中で上品で美的に感じられる。

人事的な事柄と対照的に、最後に自然界の音響⑦「郭公《ほととぎす》」と⑧「滝の音」が挙げられる。郭公《ほととぎす》は清少納言が最も興味を持つ鳥で、五月雨の短い夜に「出でたる声のらうらうじう愛敬づきたる、いみじう心あくがれ、せむ方なし」（三九段「鳥は」）というように、その洗練された鳴き声がひとしお魅力的であると言い切っている。一方、「滝の音」については『枕草子』では滝の名前しか列挙していない類聚的章段「滝は」を取り上げているが、特に夜の滝の音に関する内容には触れていない。しかし、『古今和歌集』においては「降る雪はかつぞ消ぬらしあしひきの山のたぎつ瀬音まさるなり」（巻第六・冬歌）の歌があるので、「滝のまさる音」が当時高い関心が集まった題材であることがうかがえる。

このように人事的な事柄から自然へ、静態的な事柄から動態へ、さらに、視覚的な事柄から聴覚へ、聴覚的な事柄のうち、室内から室外への変化がこの短い章段に込められている。図式で表すと次のようになる。

人事的事柄		自然的事柄
視覚／静態	聴覚（または聴覚的な雰囲気）／動態	
	室内	室外
① 濃き掻練のつや。 ② むしりたる綿。 ③ 女は、額はれたるが ④ 髪うるはしき。	⑤ 琴の声 ⑥ かたちわろき人のけはひよき。	⑦ ほととぎす。 ⑧ 滝の音。

人事と自然、視覚と聴覚、静態と動態。極めてリズミカルに進行している。中間部に位置されている「琴の声」(注5)がきっかけになって、文章が前半の視覚的、静的な雰囲気から、後半の聴覚的、動的な雰囲気に移って行き、平安時代のみやびな社会における夜の情緒や風情のある情景が、一枚一枚の青写真によって醸し出されている。

何と言っても、「夜まさりするもの」という主題のとおり、これらの事柄の性質がより美的に極まる時は、夜の短い時間帯であることを作者が自らの鋭い感性によって発見している。言い換えれば、これらの事柄は作者の独特の「夜の美しさ、心地よさの発見」(注6)であり、「寸断された時間の中にすべてを捨象して美的側面のみを生かしきった所産で」(注7)ある。従って、「琴の声」も作者が全体的、総合的に把握した上、夜に合う「人のけはひ」・「郭公」の鳴き声・「滝の音」と同様に、その音色のよさがよりよく感じられるのは夜である、という認識に基づいて捉えたのであろう。

すると、どうして琴の声が昼より夜のほうが良いのか、夜の琴の音色が一体どのような音響なのか。次は白居易の『清夜琴興』詩などを通して考察してみたい。

二　夜の琴の音色の特徴

白居易の閑適詩『清夜琴興』(『白氏文集』(注8)巻五・0211)は　三節十二句六韻からなっている。

①月出鳥栖盡　　月出で鳥栖（すみか）に盡き
寂然坐㆓空林㆒　　寂然として　空林に坐す
是時心境閑　　是の時　心境閑にして
可㆔以弾㆓素琴㆒　　以て素琴を弾ず可し
②清泠由㆓木性㆒　　清泠たるは木性に由り
恬淡随㆓人心㆒　　恬淡たるは人心に随ふ
心積㆓和平氣㆒　　心に和平の氣を積み
木應㆓正始音㆒　　木は正始の音に應ず
③響餘群動息　　響餘りて　群動息み
曲罷秋夜深　　曲罷みて　秋夜深し

正聲感㆓元化㆒　　正聲　元化に感じ
天地清沈沈　　天地清くして沈沈たり　（記号と傍線は筆者。）

まず、琴を弾く前の部分では、月が出て、鳥がねぐらに着き、あたりはひっそりとなっている時の、夜の林中の雰囲気を描いている。周囲の条件が整って、作者は心が落ち着き、琴を弾き始める。そして、清爽寒涼の音色を受け、作者は心が恬淡安静し、和平の気に満ち、その音色が「正始の音」の雰囲気に相応しいという。曲の終了後、琴の響きは絶妙なもので、自然界の動きがまるで息を止めたようにしんとして、秋の夜が刻々に更けている。天地自然が琴の強い響きに感化され、その澄んだ音色の波紋が遥かな遠くに澄み渡っている。ここにおいて白居易が追求している境地は第二節八句に出ている「正始の音」である。

「正始」とは三国時代魏国の斉王曹芳の年号（二四〇年――二四九年）である。嵆康（二二三～二六二）、阮籍（二一〇～二六三）をはじめ、所謂「竹林七賢」の人々は正始時代の代表者で、「乃其棄経典爾尚老荘、蔑禮法爾簾崇放達」（「経典を棄てて老荘を尚び、礼法を蔑して放達を崇」ぶ）（注9）と主張し、都会の喧噪を離れ、天地自然の響きに感応する清い境地に戻ると実践する。かれらの主張と実践が「正始の遺風」として、後の賢士たちに崇敬され、受け継がれている。白居易はまさにそうした一人である。

すると、白居易が思った「正始の音」はどのような響きであろうか。『五弦弾』（『白氏文集』巻三・0141）では、

正始之音其若何　　正始の音其れ若何。
一弾一唱再三嘆　　一弾一唱再三嘆ず。
曲淡節稀声不㆑多　　曲淡く節稀にして声多からず。
融融曳曳招㆓元気㆒　　融融曳曳として元気を招く。
聴㆑之不㆑覚心平和　　これを聴けば覚えず心平和なり。

と言い表している。調子が淡く、節がまばらで、打つ声が少ない。綿々とした音色で、元気が引き出される。それを聞いているうちに思わず気持ちが和やかになる。人に安らぎを与える柔らかい、清らかな音響のようである。言い換えれば、「正始の音」は「心平和なり」という境地に達する事ができる響きである。この点は、嵆康が「琴賦一首　並序」(注10)で論じた琴の音色の性質、「性潔静以端理、含至徳之和平。誠可以感盪心志而發洩幽情矣」(その性質は潔静で正直であり、和平という最高の徳を含んでおり、誠に人の志気を感動させ、憂鬱を発散させるに足るもの)に応じている。

そして、可能な限り一歩でも「正始の音」の境地に近づくため、白居易はあたりが静まった夜の、明月に照らされた自然条件を設定している。この点はまた阮籍の『詠懐八十二首』(注11)の一首目の雰囲気に酷似している。

夜中不㆑能寐　　夜中寐ぬること能はず
起坐弾㆓鳴琴㆒　　起坐して鳴琴を弾ず
薄帷鑒㆓明月㆒　　薄帷に明月に鑒《て》り
清風吹㆓我衿㆒　　清風我が衿を吹く(後略)

真夜中に眠れず起きて琴を弾く。帷が月光に照らされ、服が清い風に吹かれる。月夜と琴の音色とは一対のように登場するのである。

ここで、改めて白居易の閑適詩『清夜琴興』の題目を確かめてみたい。

「清」は夜の状態を修飾する部分であって、「興」は琴の音色の様子を形容する表現である。あわせてこのタイトルは、月光を浴びる明るい夜における琴の響きが最高に素晴らしい、の意である。

白川静氏は『字統』における「清」条で、『説文解字』の解釈「朖《あきら》かなるなり。澂《す》める水の皃《かたち》なり」を引きながら、そのうちの「朖《ろう》」字について「月明をいう字で、月光の青白い光をいう」(注12)と解している。

「興」について、『漢語大詞典』（注13）によれば、

興…犹昇。《礼記・楽記》：「禮樂偩天地之情、達神明之徳、降興上下之神、而凝是精粗之體、領父子君臣之節。」孔穎達疏「降興上下之神者、興猶出也、禮樂既與天地相合、用之以祭、故能降出上下之神。謂降上而出下也」

という。「禮樂」は天と地を合わせる、上下の神を降興させる力がある。上帝には降、下神には興という。「興」は「降」の対語で、ゆったりとした上空へのぼっていくさまを意味する。すると、夜の琴は「興」のあるものだと認識していたと思われる。この認識は、中国だけに止まらず、日本側にも伝わっている。

興物《きょうあるもの》　秋夜和琴《あきのよのわごん》　（『十列』（注14））

琴興。一首。巨識人
独居想像嵇生興。静室一弄五弦琴。
形如龍鳳性閑寂。聲韻山水響幽深。
極金徽一曲。萬拍無倦時。
伯牙弾盡天下曲。知音者或但子期。
子期伯牙歿来久。鳴琴千載□。　（『文華秀麗集　巻下』（注15））

『枕草子』における類聚的章段の源泉ではないかといわれる『十列』では、秋の夜の琴が「興物」として「楽物《たのしい》」などと並んで挙げられている。「琴興」を題にした巨識人は、琴の韻律が「山水」と共に響くほど「幽深」であり、子期伯牙の知音の故事（注16）が千載に伝わる佳話であると詠んでいる。「琴興」に託して知音の故事を讃美しているのである。

さらに、この月夜における琴の「興」のある音色について、白居易は『対琴待月』詩で、はっきりと「幽音」

だと詠んでいる。

竹院新晴夜。松窓未レ臥時。　竹院新に晴るる夜、松窓未だ臥せざる時。
共レ琴為二老伴一。與レ月有二秋期一。　琴と共に老伴となり、月と與に秋期有り。
玉軫臨レ風久。金波出レ霧遅。　玉軫風に臨むこと久し、金波霧を出づること遅し
幽音待二清景一。唯是我心知。　幽音清景を待つ、唯是れ我が心に知る。

『大漢和辞典』によれば、「幽」は「かすか」の意があり、「幽音」は「静かな音、奥ゆかしい音」である、という。詩人は友である琴に面して、月の現れを一心に待ち続けている。その理由は、琴の最も澄んだ音色――「幽音」が清い月夜に生じ、金色の光に乗って、かすかにはるか遠くまで澄み渡っていくからである。そして、この「幽音」はまた、詩人の心の響きでもあり、詩人の思いを遠くにいる親友に届ける力があると思われるからである。このかすかな「音」は、詩人の心底の深くに抱いた綿々とした願いや切実の思いを引き出す最適な響きである。

加えて、劉長卿の『幽琴』詩でも、

月色満二軒白一　月色　軒に満ちて白し
琴声宜二夜蘭一　琴声　夜蘭に宜《この》む

と詠んでいるのである。

このように、明るい月光に照らされた夜こそ、琴の音色が最も引き立つ。白居易は「清冷」とした音色を受けて、「恬淡人心に随う」「心に和平の気を積み」という安らぎな心境に満ちている。曲の終了後、琴の音色には不思議な力があって、まるで天地自然、さらに宇宙まで、琴の強い響きに震撼されたようで、その響きの波紋が断続して遥か遠くまでかすかに澄み渡っていくような感も受けている。従って、この音色は決して賑やかなもので

はなく、あくまでも人の心底深くまでしみてくる、さらに天地自然のかなたまで響きあうひっそりとした「幽音」である。もしかすると、清少納言が描こうとする夜の琴の音色はこのようなものであろうか。

三　日本漢詩、和歌、物語における「夜の琴の声」

三八〇　班女が閨の中の秋の扇の色　楚王が臺の上の夜の琴の聲　尊敬

班女閨中秋扇色　楚王臺上夜琴聲　尊敬

尊敬上人は橘有列のことで、比叡山に出家した法号である。彼の右の詩文は大変有名で『和漢朗詠集』〔冬雪〕(注17)に収められて、意味は「雪の白さは、班婕妤の寝室に秋になって無用のものとして捨てられた扇の白さのようであり、風に舞いつつ静かに積る雪の音は、楚の襄王が蘭台のほとりで奏でた、夜の琴のかそけき調べにも似ている」である。雪の白さを班婕妤の扇に、微かな積る音を夜の琴の音に喩えている。何となく詩人が雪の白さと琴の音色をむすびつけようとする意図がうかがえる。即ち、雪の光に照らされた夜中に、琴の音はあくまでも微かで、静かな風に澄み渡っていくことを言い表そうとしている。

この詩の典拠は初唐、李嶠『雑詠百二十首』「風」詩によるといわれている。「月影秋扇に臨み、松風夜琴に入る。若し蘭台の下に至れば、還《ま》た楚王の襟を払はん。」李嶠の詩は「月・松風・琴」の構図であるが、橘在列の詩は「雪・雪の積る音・琴」の構図である。しかし、橘在列が「月・松風」の情景を「雪・積る音」に換えたが、視覚的な冴えた白い空間と微かな音響とが調和した美的な風景がまるで元の李嶠の詩が再現したようである。

この詩文は名高く、『源氏物語』にも引用されている。

琴は押しやりて、薫「楚王の台《だい》の上の夜《よる》の琴《きん》の声」と誦じたまへるも、かの弓をのみ引くあたりにならひて、いとめでたく思ふやうなりと、侍従《じじゅう》も聞きゐたりけり。さるは、扇の色も心おきつべき閨《ねや》のいにしへをば知らねば、ひとへにめできこゆるぞ、おくれたるなめるかし。

（「東屋」巻　一〇〇頁）（注18）

薫がこの詩の後半を朗詠したが、浮舟も侍従もただ朗詠の美声に感動しただけで、詩の意味、さらに前半の班婕妤に関する悲しい故事さえも知らない。薫がこの詩を引くきっかけは「月さし出でぬ」との情景と、「いとはづかしくて、白き扇をまさぐりつつ添ひふしたるかたはらめ、いと隈なう白うて、なまめいたる額髪の隙など（後略）」」との浮舟の美貌によったのであろう。

そして、和歌における「夜の琴」はどのように詠まれているのであろうか。

斎宮女御が庚申の夜に、李嶠の「風」詩の「松風入夜琴」を題に詠んだ二首がある。

野宮に斎宮の庚申しけるに、松風入《ル》二夜《ルノ》琴《ニ》一といふ題をよみ侍ける

百詠詩句題也　斎宮女御（重明親王女／徽子村上女／規子の母）

四五一　琴のねにみねの松かぜかよふらしいづれのをよりしらべそめけん

四五二　松かぜのおとにみだるゝ琴のねをひけばねのひのこゝちこそすれ

（『八代集全註』　四八五頁）（注19）

『後撰集』（巻三・夏）には藤原兼輔朝臣と紀貫之の唱和歌が出ている。

夏の夜、深養父が琴ひくを聞きて、　藤原兼輔朝臣

一六七　短か夜のふけゆくままに高砂の峰の松風吹くかとぞ聞く

おなじ心を　貫之

一六八　あし引きの山下水はゆきかよひ琴《こと》の音《ね》にさへ流るべらなり

藤原兼輔が夏の夜の琴の音を峰の松風のように聞いていると詠んだのに対して、貫之は琴の音色を「山下水」

のようだと応じている。両者は「高山流水」の知音の故事を詠みこんでいるのである。

さらに、平安朝の長編物語『宇津保物語』、『源氏物語』における琴の登場場面はどうであろうか。琴の霊妙さを描く『宇津保物語』の場合は、琴の響きが天地自然を震撼させる力がある。

（前略）いと心苦しう。ことわりなりとて、面白き絵など取りて見せたてまつりたまへど、殊に例のやうにも見たまはで、心に染みて琴を弾きたまふ。

　月のいと明らかに、空澄みわたりて静かなるに、山の木陰、水の波、やうやう風涼しくうち吹き立てたるに、いとおとなおとなしう弾き合はせたまへるを、大将、尚侍《かん》のおとども、折も心細くなりゆくに、涙落ちて、ことの心教へたてまつりたまふ。

（『宇津保物語③』「楼の上　下〔八〕」　五二三頁）（注20）

（前略）夜中ばかりになりゆく。（中略）この琴《きん》は、天女の作り出でたまへりし琴の中の、すぐれたる一の響きにて、山中の山人のすぐれたりし手は、樂の師の、心整へて、深き遺言せし琴《こと》なり。ただ初めの下《くだ》れる師の教へたる調べ一つを、まづかき鳴らしたまへるに、ありつるよりも声の響き高くまさりて、神いと騒がしく閃めきて、地震《なゐ》のやうに土動く。いとうたておどろおどろしかりければ、ただ緒一筋を忍びやかに弾きたまふに、にはかに池の水湛《たた》へて、遣水より、深さ二寸ばかり、水流れ出でぬ。人々あやしみ、をと驚きぬ。（後略）

（同右〔三九〕　六〇二頁）

「琴」と「月」が一対のように絵画的に設定され、明月の夜における周辺の動きに合わせて演奏することは、最高の理想の境地に達していることを示唆し、琴の力の不思議さ、霊妙さを繰り返し讃えている。

その一方、『源氏物語』でも「夜の琴」を捉える場面がほとんどである。その理由について、源氏は女三宮に琴を教える時にこのように語っている。

（前略）源氏「昼はいと人しげく、なほ一たびも揺し按ずる暇も心あわたたしければ、夜々なむ静かに事の心も染めたてまつるべき」とて、対にも、そのころは御暇聞こえたまひて、明け暮れ教へきこえたまふ。

（「若菜下」〔二三〕一八二頁）（注21）

即ち、静かな夜に弾くと、より琴の極意を会得することができるためである。

そして「月夜の琴の声」については先学、藤河家利昭氏は月夜に琴の音色が人の心を結びつける役割があると指摘しておられる。具体的に引用させていただくと、以下のようである。

源氏は管絃の才芸の中で琴を最もよくするとされているが、特に須磨・明石の苦難の中にあって、そして月を始めとする自然の風物と関わることによって、その真価が発揮され、また体得もされたと考えられる。従って、須磨・明石での苦難は琴の面からも通り抜けなければならない関門であったことになる。また、さまざまな女君との関わりにおいても、源氏が特に琴を嗜むことは重要な役割を持つと考えられる。それは、月を始めとする自然の風物に引き立てられた琴の音色によって、女君達のそれぞれの特質を引き出すことにもなっているからである。琴は自然の風物によって最もその音色を引き立てられるものである。（注22）

四　清少納言の独自な方向への展開

琴は夜に奏するものであって、その音色が月夜に宜むのである。これは一種の固定概念として漢詩、和歌、物語に現れ、定着していたように思われる。もちろん清少納言も例外なくこの認識を持っていたに違いない。しかし、彼女は伝統的な考え方をそのままに受け継ぐことをせず、独自的に「昼と対比する」時間的な視点から「琴の声」が夜に一層引き立つと言い出し、一歩前進したのである。

彼女のこのような「昼と対比して夜の事物の変化を注目する」考え方は六九段「たとしへなきもの」、二〇八段「いみじう暑きころ」、二七二段「時奏するいみじうをかし」の各章段からうかがえる。

たとしへなきもの　夏と冬と、夜と昼と。（中略）夜烏どものゐて、夜中ばかりにいねさわぐ。落ちまどひ、木づたひて、寝起きたる声に鳴きたるこそ、昼の目にたがひてをかしけれ。

（六九段「たとしへなきもの」　一二三頁）

いみじう暑きころ、夕涼みといふほど、物のさまなどもおぼめかしきに、男車の、さき追ふは、言ふべきにもあらず、ただの人も、後《しり》の簾上げて、二人も、一人も、乗りて走らせ行くこそ、涼しげなれ。まして、琵琶かい調べ、笛の音など聞えたるは、過ぎていぬるもくちをし。さやうなるに、牛のしりがいの香《か》の、なほあやしうかぎ知らぬものなれど、をかしきこそ物ぐるほしけれ。いと暗う、闇なるに、さきにともしたる松の煙の香の、車の内にかかへたるもをかし。

（二〇八段「いみじう暑きころ」　三四七頁）

時奏するいみじうをかし。いみじう寒き夜中ばかりなど、こほことほめき、沓すり来て、絃打ち鳴らして「何の某。時丑三つ、子四つ」など、はるかなる声に言ひて、時の杭《くひ》さす音など、いみじうをかし。「子九つ、丑八つ」などぞ、里びたる人は言ふ。すべて、何も何も、ただ四《よ》つのみぞ杭にはさしける。

（二七二段「時奏するいみじうをかし」　四二二頁）

「たとしへなきもの」では夜と昼は比べようがないものだと言い切っている。「いみじう暑きころ」では、夏の暑い昼ころと比べて、夕方になって、涼しそうにみえる様々な風景を描いている。「時奏するいみじうをかし」

では、左右近衛の夜警が殿上の小庭で時刻を奏上する、宮中にしかない夜の音の風景を捉えている。

さらに、樂について、「遊びは夜。人の顔見えぬほど」（二〇一段）があるように、清少納言は楽の演奏を聞くにも夜は最高だと断言し、「夜の楽の音」に陶酔した描写が度々出ている。

まいて、臨時の祭の調楽などは、いみじうをかし。主殿の官人、長き松を高くともして、頸は引き入れて行けば、先はさしつけつばかりなるに、をかしう遊び、笛吹き立てて、心ことに思ひたるに、君達昼の装束して立ちとまり、物言ひなどするに、供の随身どもの、前駆をしのびやかに短う、おのが君達の料に追ひたるも、遊びにまじりて、常に似ずをかしう聞ゆ。（七三段「うちの局」一二九頁）

（前略）賀茂の臨時の祭は、還立の御神楽などにこそなぐさめらるれ。庭火の煙のほそくのぼりたるに、神楽の笛のおもしろくわななき、吹きすまされてのぼるに、歌の声も、いとあはれに、いみじうおもしろし。（一三六段「なほめでたきこと」二五七頁）

「臨時の祭りの調楽」の場面における笛の響きに対して、作者が「心ことに思ひたるに」と感想を表して、賀茂の臨時の祭りの還立《かへりだち》の御神楽の場面においては、徐々に昇っていく笛の音色や歌声について、「いとあはれに、いみじうおもしろし」と感激した心境を表している。

一日のうち、最も心が惹かれるのは暁、夜中の物の音である。

正月の車の音。また、鳥の声。暁のしはぶき。物の音はさらなり。（一一一段「常よりことに聞ゆるもの」二一六頁）

夜中、暁ともなく、門もいと心かしこうもてなさず、何の宮、内わたり、殿ばらなる人々も出であひなどして、格子なども上げながら、冬の夜をゐ明かして、人の出でぬる後も見出だしたるこそをかしけれ。有明などは、ましていとめでたし。笛など吹きて出でぬる名残はいそぎても寝られず、人の上ども言ひ合はせて、歌など語り聞くままに寝入りぬるこそをかしけれ。（一七二段「宮仕へ人の里なども」三〇一頁）

笛は、横笛《よこぶえ》いみじうをかし。（中略）笙の笛は、月の明かきに、車などにて聞き得たる、いとをかし。（二〇五段「笛は」三三九頁）

日のうらうらとある昼つ方、また、いといたうふけて、子《ね》の時などいふほどにもなりぬらむかし、大殿《おほとの》ごもりおはしましてにやなど、思ひまゐらするほどに、「をのこども」と召したるこそいとめでたけれ。夜中《よなか》ばかりに、御笛の声の聞えたる、また、いとめでたし。（二七三段「日のうらうらとある昼つ方」四二二頁）

最も素晴らしく風情のある楽というと、一日のうち、暁のころのしんとした微かな音色である。この時は、男達は、笛を吹きながら帰っていく男女交際の場面があれば、後朝の場面もある。笛の余韻には感興のまだ尽きない意が託されているようである。夜中に一条天皇の御笛が立派に聞こえてくる。これは、十年近く宮仕えをした作者にとっては、忘れられない懐かしい宮中の思い出であろう。

おわりに

清少納言は「琴の声」を視覚的、静態的な事柄「濃き掻練りのつや」「むしり綿」「女は額はれたるが髪うるはしき」、聴覚的、動態的な事柄「かたちわろき人のけはひよき」「ほととぎす」「滝の音」と共に、「夜まさりするもの」として捉えている。

その「夜の琴の音色」について、白居易の閑適詩『清夜琴興』を通して考察してみた。題目のとおり、琴の声は地上から上空へゆったり昇っていく、「興」のある物であって、明るい月光の夜こそ、琴の音色が最も引き立つ。その音色は決して賑やかなものではなく、あくまでも人の心底深くまでしみてくる、さらに天地自然のかなたまで響きあうひっそりとした「幽音」である。

同じ「夜の琴の音」に対して、日本漢詩文、和歌、物語などが、それぞれ独自性のある受け入れ方を持っている。

尊敬上人（橘在列）の「班女が閨の中の秋の扇の色　楚王が臺の上の夜の琴の声」は、雪のかすかな積もる音を琴の音に喩えている。月光を特に強調していないが、雪の光に照らされた夜中における琴のかすかな響きを美的に描いているのである。斎宮女御の歌、藤原兼輔と紀貫之の唱和歌は夜の琴の音を聞いて、李嶠の『風』詩の「松風入夜琴」句、子期伯牙の友情を語る「知音」の故事を踏まえて詠んだものである。

琴は楽器の第一である。琴の一族の繁栄を描く『宇津保物語』では、琴と月が一対のように絵画的に設定され、明月の夜における周辺の動きに合わせて演奏することは、最高の理想の境地に達していることを示唆し、琴の不思議な力、その霊妙さを称えているのである。その一方、『源氏物語』では、「月夜の琴の音」が人の心に結びつける力があるものとし、源氏が苦難を通り抜け、源氏に関わる女君たちの特質を引き出す重要な役割を持っているのである。

しかし、清少納言は漢詩文、和歌、物語と違って、「物と時」の視点から「琴の声」が昼より夜のほうがまさると、独自な方向へ展開している。「たとしへなきもの…夜と昼」「遊びは夜」と言い切ったように、昼と夜を対比して見る視線、樂は夜に聞くものだという認識が彼女の中に根付いている。従って、彼女の筆下における「樂の音」の場面は夜中か、暁かに限定されているのである。賀茂の祭りのとき、男女交際の別れの時、男女逢瀬の時などはそれである。

物事がいつ輝くか、いつになったらその特質が引き出されて、その真価が発揮できるか。これは清少納言が懸命に考え、そして懸命に表現しようとするテーマである。物事の美を時間的な概念と結びつける。彼女はこのような時間的な追求を基にして、「樂の音」を独自に心極めているのである。

注

（1）主に田中重太郎著『枕草子全注釈　五』、『新潮日本古典集成　枕草子　下』、『新編日本古典文学全集18　枕草子』を指す。
（2）磯水絵「『枕草子』の音楽」（『説話と音楽伝承』和泉書院　二〇〇〇年十二月）
（3）萩谷朴著『枕草子解環　五』（同朋社　一九八三年十月）　三四四頁。
（4）根来司「和歌には「けはひ」が使われない」（『講座日本語の語彙③　古代の語彙』）　二三六頁。
（5）堺本、前田本が三巻本と違って、「琴の声」が「かたちわろき人のけはひよき」の後に位置している。
（6）田中重太郎氏のこの段に対しての「評」による。（『枕草子全注釈　五』　四三四頁）
（7）沢田正子「枕草子の時間と美意識」（『枕草子の美意識』笠間書院　昭和六十年十月）　六五頁。
（8）那波本『白氏文集』（同朋社　一九八九年）
（9）明の遺族顧炎武（一六一三―一六八二）著『日知録』巻十三「正始」による。
（10）小尾郊一著『全釈漢文大系　第二十七巻　文選（文章編）』（集英社　昭和四十九年九月）
（11）訓み方は『全釈漢文大系第二十八巻　文選（詩騒編）三』　三三九頁によった。
（12）白川静著『字統』（平凡社　一九八四年八月）
（13）『漢語大詞典』（漢語大詞典出版社　一九八九年三月）

（14）川口久雄著『三訂　平安朝日本漢文学史の研究　中篇』「清少納言枕草子と十列」（明治書院　昭和三十四年三月）による。七二〇頁。
（15）小島憲之校注『日本古典文学大系69　懐風藻　文華秀麗集　本朝文粋』（岩波書店　昭和三十九年六月）　三一六頁。
（16）『新釈漢文大系　第22巻　列子』「湯問第五　第十二章」（明治書院　一九六七年五月）　二四七頁。
（17）菅野礼行校注・訳『新編日本古典文学全集19　和漢朗詠集』（小学館　一九九九年十月）による。
（18）阿部秋生等校注・訳『新編日本古典文学全集25　源氏物語⑥』（小学館　一九九八年四月）による、頁を示す。
（19）山岸徳平編『八代集全註（第一巻）』（有精堂　昭和三五年七月）
（20）中野幸一校注・訳『新編日本古典文学全集16　宇津保物語③』（小学館　二〇〇二年八月）による、頁を示す。
（21）注18に同じ。『源氏物語④』（小学館）
（22）藤河家利昭著『源氏物語の源泉受容の方法』（勉誠社　平成七年二月）による、四一九頁。

第二章　清少納言の音・声への美意識
――「しのびやか（に・なる）」をめぐって――

はじめに

『枕草子』では「しのびやか（に）」は八つの章段にわたって、十二例が表出されている。しかも、この十二例はすべて音声行為を描くものである。先学は、清少納言は物を隔てて捉えて、奥ゆかしい「しのびやか（に）」の美意識を表現している。即ち、「しのびやか（に）」が音声の様相を表すところから、具体的な挙動のさまへとその表現性を広げてゆくことの過渡期にあって、両者を融合させたかの態を示している点で、独自の感性世界を作っている、との指摘をしている（大槻美智子「「みそかに」「しのびて」「しのびやかに」の語義と文章表現――『源氏物語』とそれ以前」）。（注1）

本章では、まず、『枕草子』に出ている「しのびやか（に）」の語意と文章表現を確認し、「しのびやか（に）」が特にどのような内容について用いられ、そしてどのような意図で様々な音声行為を表現しているか、『源氏物語』と比べて『枕草子』における「忍びやか」な音響の独自性を新たに考えてみたい。

一　「しのびやか（に）」について

「しのびやか（に）」は動詞「しのぶ」の連用形「しのび」に、形容的性格をもつ接尾語「～やか」が加わることにより構成された「形容動詞」の連用形である。『類聚名義抄』では、「密」に「シノビヤカナリ」、「ヒソカニ」と二種の訓が記されている（注2）。「物事が、目立たないさま。また、人にさとられぬように、こっそりと動作をするさま」（注3）という意である。しかし、築島裕博士が「訓読では、「内密に」の意を表はすのに、すべて「ヒソカニ」を用いて、「みそかに」「しのびて」「しのびやか」などの例は未だ管見に入らない」（注4）と言われているように、「しのびやか（に）」は、一般に和文において用いられるということがわかる。

「しのびやか（に）」は、平安時代初期の文学作品『竹取物語』『土佐日記』『伊勢物語』には見られないが、『枕草子』以外、『大和物語』には一例、『落窪物語』には三例、『宇津保物語』には七例、『かげろう日記』には六例、『紫式部日記』には二例、『源氏物語』には六十三例、表出されている（注5）。大槻氏は「隠す意識でこっそりと行うことを表す「みそかに」、他者に憚る気持ちを持ってする「しのびて」などの類義語と比べて、「しのびやか（に）」は、専ら、音声や振るまい方の「物静かな」さまをいうのであって、「隠す」ことと直接に結び付くわけではない。ただ、その振る舞い等が、往々にして、人目にたたぬようにとの意識でなされることがあり」、と言われ、そして音声行為についても、「すでに当時の貴族階級――ことに女性――の間に共通の美意識はある程度芽生えていたかもしれない」、と推測されている。

『枕草子』にも「みそかに」「しのびて」と「しのびやか（に）」の用例があって、それぞれについて一例をあげてみる。

①殿の御方より侍《さぶらひ》の者ども、下衆《げす》などあまた来て、花のもとに、ただ寄りに寄りて、引き倒し取りてみそかに行《ゆ》く。

（二六〇段「関白殿、二月二十一日に、法興院の」　三九九頁）

『枕草子』の中、道隆の一家の盛事を記した最も長い章段の一節である。中宮のために造営した新邸の御殿の中央にある大きな桜の造花が雨で汚くなった。汚れた花を人目にさらすことを避けるために、道隆が夜半に随身たちに移動させた。右は随身が花を移している場面である。中宮と中宮の周りの女房に内密にした計画なので、随身たちはこっそりと持っていくのである。

②しのびて来る人見知りてほゆる犬。

（二六段「にくきもの」　六六頁）

人目を避けてこっそりと通って来る人を見知って吠えたてる犬。人に知ってもらいたくないことなのに、ワンワンと吠える声が人に知らせることになる。吠える犬は憎らしい。

③まいて、臨時の祭の調楽《てうがく》などは、いみじうをかし。主殿《とのもり》の官人《くわんにん》、長き松を高くともして、頸は引き入れて行けば、先はさしつけつばかりなるに、をかしう遊び、笛吹き立てて、心ことに思ひたるに、君達《きんだち》昼《ひ》の装《さう》束《ぞく》して立ちとまり、物言ひなどするに、供の随身どもの、前駆をしのびやかに短う、おのが君達の料《れう》に追ひたるも、遊びにまじりて、常に似ずをかしう聞ゆ。

（七三段「うちの局」　一三〇頁）

賀茂の臨時の祭の調楽の場面である。優雅な音楽の中、上達部たちが正式の服装で、立ち止まって、女房たちと話などをする。その都度、随身たちは本来ならば、鋭く発すべき払い声を、ここで低くして（松尾聡「先をしのびやかに短う」）（注6）、自らの主人の身分に応じて、丁寧に先を追っている。随身の払い声も演奏に交じって、いつもと違って心地よく聞こえる。

もともと、人を誡め、威儀を正す雰囲気をもたらす「前駆を払う」儀式が、この場面ではいかめしさが和らげられ、風情のある事柄として捉えられているのである。「しのびやかに」には随身たちが調楽に遠慮をしつつ前駆を追う意識が託されている。随身たちの細やかな気配りによって発した音声が、調楽に合奏した音楽となる。この楽音を作者が「をかしう聞ゆ」と、美的に評価している。作者が雰囲気の変異の意外性を喜び、音感的な視点から物事を観察する意識は強烈である。

しかし、『源氏物語』には現れている「前駆をしのびやかに追う」場面は、主に鋭く払う声を低くさせる意を表しているように思われる。例えば、薫が横川の僧都の話を聞いた後、一行が坂本にやってきて、薫は「今夜のところは、小野の人々にも知られずに通過しょうとの配慮」（注7）で、前駆の人々に「しのびやかにを」と言った（「夢浮橋」巻）。つまり、音を立てないように行動することのみを強調しているのである。

このように、『枕草子』における「しのびやかに」は、「みそかに」「しのびて」と異なって、意識して音を立てないように配慮する振る舞いを表出し、このような音声行為を賞賛する作者の姿勢が明確になる。

では、『枕草子』における「しのびやかに」の場面には、どのような特徴が指摘できるのであろうか。これについて、男女の逢瀬の場面、女性が古歌を誦じる場面、物隔てて聞く場面を通して考えてみたい。

二　しのびやかに門をたたく

『枕草子』の「しのびやかに」の十二例を眺めてみると、男女の逢瀬に関する内容が最も多く、四例がある。「しのびやか」な男女の逢瀬を賞賛する清少納言の見方がうかがえる。

平安時代の男女の間は「忍び」の恋愛である。女の所へ通う時に、なるべく人目を避けて、音を立てないように振る舞うのである。作者は逢瀬のさまざまな動きの中、特に男の登場の第一行為――「門を叩く」ことに注目する。

女迎ふる男、まいていかならむ。待つ人ある所に、夜すこしふけて、しのびやかに門たたけば、胸すこしつぶれて、人出だして問はするに、あらぬよしなき者の名のりして来たるも、かへすがへすもすさまじといふはおろかなり。

（二三段「すさまじきもの」六〇頁）

「しのびやかに」は門の叩き方を表すのであるが、一面、男が人目に立たないように振る舞うことをも意味している。つまり、来客の第一行為はいつもと変わっていない。だからこそ、後の「胸すこしつぶれて、人出だして問はするに」の感動と行動が生ずるのである。しかし、期待が外れて、関係のない人が名前を告げている。これは、大変悔しいことである。

ここでは「しのびやかに」門を叩く「音」と、縁のない人の「名のり」の「声」とを同時にかつ対照的に捉えている。希望と失望という相反した二つの心の動き、即ち待たされる側の興ざめる気持ちが、来客のこの連続した音声行為によって鮮明となる。

続いて、もう一例を挙げてみる。

宵《よひ》うち過ぐるほどに、忍びやかに門《かど》叩く音のすれば、例の、心知りの人来て、気色《けしき》ばみ、立ち隠し、人目守《ま》りて入れたるこそ、さるかたにをかしけれ。かたはらにいとよく鳴る琵琶のをかしげなるがあるを、物語りのひまひまに、音《ね》も立てず、爪弾《つまび》きに掻き鳴らしたるこそをかしけれ。

（一八四段「南ならずは」三二二頁）

夜九、十時ころを過ぎると、ひそかに門を叩く音がする。いつものことで、彼が来ている。女は、気を張って、立ち現れて、彼の姿を隠す。人に見られないように入れる。それ相応に振舞っている二人の姿が、実にすばらしい。かたわらには、音色の良い、たいそう立派に作った琵琶がある。話の合間合間に、さりげなく、音も立てないで、指先で弦を弾く。これこそ、風情がある。

心は一つ、互いに心を通じる逢瀬である。男性は中の女性にしか聞こえないように心を配って門を叩く。音の直後の女性の対応も良い。すぐ扉を開けて男性を入れる。時には琵琶を爪先で弦を掻き鳴らすのも、貴族的であり、優雅である。この情景は、作者が理想とした逢瀬の有様である。

音を押えて門を叩く。音を立てないで琵琶を掻き鳴らす。つまり、あたりに配慮してなるべく音を殺すように振る舞う男が作者に賞賛される。

このように、来訪者が現れる第一場面では、門の叩き方が重要視されているようである。気配りを持って叩くか、そうでないかがポイントである。

例えば、七三段「うちの局」には「ただ指《および》一つしてたたくが、その人なりと、ふときこゆるこそをかしけれ」（一二八頁）が出ている。耳立たないように、唯、一本の指だけでたたくことを言っている。

その一方、「門を、いたうおどろおどろしう叩けば」で表現される乱暴な音は作者によって否定されている。

例えば、則光との関係を回想したときに、次のように彼を登場させている。

夜いたく更けて、門を、いたうおどろおどろしう叩けば、なにの、かう心もなう、遠からぬ門を高く叩くらむときききて、問はすれば、滝口なりけり。「左衛門の尉《じょう》の」とて文を持て来たり…

（八〇段「里にまかでたるに」一四七頁）

ここに「おどろおどろしう」「門を高く叩くらむ」とあることによって、門を叩く音がいかに騒がしいことかがわかる。門を叩くことで登場人物の人間性が現れてくる。「なりけり」には滝口だからこそ門を「おどろおどろし」く叩く意味が込められている。すると、滝口則光に対する作者の一貫した見方が反映されている。作者にとって、来訪者の第一行為――門を叩くことによって生じる音響はその行為者の教養・人格を判断する規準の一つである。

このように、「しのびやか（に）」は貴族社会における上品さを表している点で、重要なキーワードとなる。この言葉には作者の理想とした男性像が託されているし、理想の逢瀬を判断する基準となっていると思われる。なぜなら、その反面、作者が無神経な男性のしぐさに対してなみなみならず憎んでいて、この憎らしい気持ちが、「にくきもの」の段に集中的に出ているからである。

あながちなるところに隠し伏せたる人の、鼾《いびき》したる。また、しのび来るところに、長烏帽子《ながえぼうし》してさすがに人に見えじと、まどひ入《い》るほどに、物につきさはりて、そよろといはせたる。伊予簾《いよす》などかけたるに、うちかづきて、さらさらと鳴らしたるも、いとにくし。帽額《もかう》の簾《す》は、まして小端《こはじ》のうち置かるる音、いとしるし。それも、やをら引き上げて入るは、さらに鳴らず。遣り戸を荒く閉《た》て開《あ》くるも、いとあやし。すこしもたぐるやうにして開くるは、鳴りやはする。あしう開くれば、障子なども、こほめかしうほとめくこそしるけれ。

（二六段「にくきもの」　六七頁）

人の目を忍んで、女のところに来た男は、あたりに注意をせず余計な音を出してしまって、実に憎らしい。例えば、止むを得ず無理な場所に隠して寝させておいた男が鼾をかいてしまう。また、長烏帽子を被って、顔を隠そうと思ったのに、慌てて中に入ろうとする時、物に突き当たって、「そよそよ」と音がする。伊予簾などの掛け物には帽子類が当たって、「さらさら」と音を立てても、にくらしい。帽額《もかう》の簾の場合は、まして中に小端の置かれている音も一段と大きくする。気をつけてそっと引き上げて入れば決して音は立たない。遣り戸を乱暴に閉じたり開けたりすることも、作法が悪い。少し持ち上げるようにすれば、音などはしない。ひどく開けると、障子なども震動を受けて、ガタガタと倒れそうな音がする。

音を立てることが悪いという意味ではなく、男が周囲に配慮のないことを作者は指摘しているのである。このように、来訪者があれこれの音を立てる遠慮のなさ、センスの悪さを率直に批判することによって、作者の理想的な「しのびやか」な男女の逢瀬を求め、賞賛する気持ちが一層明らかになる。「しのびやか」な音響からは、貴族社会における女性の気持ちを理解する遠慮深い男性のイメージ、品のある男女の逢瀬の有様が伺われるのである。

三　女性がしのびやかに古歌を誦じる

清少納言は女性が古歌を誦じる場面を、「しのびやか（に）」で修飾している。

（前略）出づるかたを見せて立ち帰り、立蔀《たてじとみ》の間《あひだ》に陰に添ひて立ちて、なほ行《い》きやらぬさまに、いま一度《ひとたび》いひ知らせむと思ふに、「有明の月のありつつも」としのびやかにうち言ひて、さしのぞきたる、髪の頭《かしら》にも寄り来《こ》ず、五寸ばかりさがりて、火をさしともしたるやうなりけるに、月の光もよほされて、おどろかるる心地しければ、やをら出でにけり、とこそ、語りしか。

（一七三段「ある所に、なにの君とかや言ひける人のもとに」三〇二頁）

風流人といわれる男は朝方、女の所を離れて去っていくが、立ち戻って何かを言いかけるような感じである。女のほうは有明の情景に合わせてひっそりと、柿本人麿の歌にある「在明の月のありつつも」を引き、自分の心情を詠んだ。しかし、ちょうどその時に、「髪は鬘であるために頭の地肌につき従って来ず、五寸ほどずり下がってその禿頭《とくとう》がむき出しになり、輝いているところに、九月ころの明るい月の光が射す、その無気味な様子に興がさめて男は帰ってしまった」（注8）。この話は「有明の月」を焦点とし、前半で情調的、優雅で、後半は滑稽で、しかも皮肉でさえもある。風流な逢瀬を追求する男女に生じた滑稽な話であろう。作者は大いに滑稽的効果を引き立てるために、前半で最大限に情調的な雰囲気を構築しているのである。

女性が男を見送り、目前の有明の月を眺めて、思わず柿本人麿の歌「長月の在明の月の有りつつも君し来まさば我恋ひめやも」（『拾遺和歌集』巻第十三・恋三）を口ずさんだ。もしあなたが「有明の月」のように有り続けて尋ねて来られるならば、わたしはこれほどまで恋しく思いはしない、の意で、男に続けて尋ねてきてほしいという女性の切望を込めた歌である。男に聞かせるのではなく、自らの思いをもの静かに有明の月に向って願っているのである。「しのびやかに」によって、女性の優婉さ、心の底から湧いてきた願いのせつなさが表されていると思われる。

もう一つ、清少納言本人も「しのびやかに」古歌を誦じる場面があるので、それを挙げる。

殿おはしませば、寝くたれの朝顔も、時ならずや御覧ぜむと引き入る。おはしますままに、「かの花は失せにけるは。いかでかうは盗ませしぞ。いとわろかりける女房たちかな。いぎたなくて、え知らざりけるよ」とおどろかせたまへば、「されど、われより先にとこそ思ひてはべりつれ」としのびやかに言ふに、いととう聞きつけさせたまひて、「さ思ひつる事ぞ。世にこと人、出でゐて見じ。宰相とそことのほどならむとおしはかりつ」と、いみじう笑はせたまふ。（能因本には「しのびやか」が出ていない）

（二六〇段「関白殿、二月二十一日に、法興院の」四〇〇頁）

一の部分で挙げた「みそかに」の例文の続きであるが、造花を移動させた翌朝、道隆が「かの花盗むは誰ぞ」を知らないふりで、わざと「女房たちが寝坊をして知らないでいた」と言って、皆を驚かせた。清少納言はその仕業を見透かして、ひそかに忠見の歌「桜見に有明の月に出でたれば我よりさきに露ぞおきける」の一節「我より先に」をひいて絶妙に答えた。「桜を見ようと思って、有明の月の下に出て行くと、私より先に花びらに露が置いてある」。「置き」に「起き」を懸けて、私より先に起きて桜を見た人がいた、という意味である。この歌を借りて、即座に知的に答えたのである。

後の「いと疾うききつけさせたまひて」の文章から、作者が本気で関白様に聞かせるつもりで言ったのではなく、ただ単につぶやいただけで道隆にキャッチされたことがわかる。というより、むしろ、作者のような返事こそ関白道隆が期待していたのである。

作者は自分が古歌を口ずさむ様子を「しのびやかに」で表している。「しのびやかに」即答すれば、「打てば響く」主家の意図に即応し、優艶にして物静かに且つ優雅に対応でき、この作方以外に考えられないのである。主家に相応しい宮仕えであることを強調する一節であろう。

このように、「しのびやか（に）」には相手に聞かせる目的を明言しないが、にもかかわらず相手からの反応に対する期待が心の底に潜んでいる。女性が古歌を誦じるしぐさを「しのびやか（に）」で形容することによって、王朝特有の女性らしい柔らかさ、優婉さが独自的に表し出されているのである。

ところで、『源氏物語』には、「しのびやかに」誦じる、または言う、口ずさむ等の用例が多々出ているが、主人公・源氏と薫について描いた事例が大半である。例えば、女三宮と結婚した源氏は三日目の朝になると、紫の上に会いたくて、一番鳥の声とともに女三宮の元を抜け出していく。夜の雪が消え残り、砂か雪かが分からない。この風景を見て、源氏が白楽天の律詩『庾楼暁望』（『白氏文集』巻16・0911）にある詩句「なほ残れる雪」を「しのびやかに口ずさみたまひつつ」がある。紫の上への思いを述懐しているのであるが、ここでは、自分の心情を述べるにとどまり、紫の上に聞かせたい切望などは伝わって来ないのである。

四　物隔てて聴く

清少納言は成信の中将が、「蚊の睫の落つるをも、ききつけたまひつべうこそありしか」と、耳の鋭さについて高く評価している。音を聴くことで物事を判別することは王朝生活の最も大きな要件であったとうかがえる。特に、視界が物に遮られる場合、周りに生じたさまざまな音・声が伝わってくる。誰それが、何をしているか、まるで見えるようにいろいろと想像を加えるのが清少納言の楽しみであった。

まず、「正月に寺に籠りたるは」段を例にする。

この章段では、騒がしいシーンが連続して描かれている。そのうちの一コマを挙げてみる。

御みあかしの、常灯《じやうとう》にはあらで、うちにまた人の奉れるが、おそろしきまで燃えたるに、仏のきらきらと見えたまへるは、いみじうたふときに、手ごとに文どもをささげて、礼盤にかひろぎちかふも、さばかりゆすり満ちたれば、とりはなちて聞きわくべきにもあらぬに、せめてしぼり出でたる声々、さすがにまたまぎれずなむ。「千灯の御こころざしはなにがしの御ため」などは、はつかに聞ゆ。

（一一六段「正月に寺に籠りたるは」二二三頁）

右は、仏前で多数の僧侶が多数の参詣者の祈願を引き受けて、同時に修法祈願する場面である。僧侶たちが参詣者たちの願文を手に捧げもって、高座でかすかに身体を揺り動かして仏に誓願している。その声も大きく揺れ動いて、堂内に充満しているので、誰のために祈願しているかを聞き分けることすらできない。また、僧侶たちが無理にしぼりだしている声々は、そうは言うもののまたほかの声に紛れないで聞える。「千灯のお志は、誰それの御ため」などとは、ちらりと聞える。

正月のお寺は、まさに本文に言ったように、

正月などは、ただいとさわがしき。物のぞみする人など、ひまなく詣づるを見るほどに、行ひもしらず、

という雰囲気である。

このように、作者は騒がしい中、いろいろと観察している。しかし、このように普通に声を出して祈願する場合を見つめることがある一方、「忍びやかに」祈願する一人の男の様子に対して作者が格別に興味・関心を示した描写もあるのである。

かたはらに、よろしき男の、いとしのびやかに額《ぬか》など、立ち居のほども、心あらむと聞えたるが、いたう思ひ入りたる気色にて、寝《い》も寝《ね》ず行なふこそ、いとあはれなれ。うちやすむほどは、経を高うは聞えぬほどに読みたるも、尊《たふと》げなり。うち出でまほしきに、まいて鼻などを、けざやかに聞きにくくはあらで、しのびやかにかみたるは、何事を思ふ人ならむ、かれをなさばやとこそおぼゆれ。

（一一六段「正月寺に籠りたる」二二三頁）

作者がいる局の隣に、貴族身分の男がいて、ひそかに額をつけて、立ったり坐ったり参拝するも、思慮のある人だなあと聞こえる。いかにも思いつめた感じで、寝もせず用心深くお勤めするのは、なるほどしみじみと感じ

られる。こちらが一眠りする時は、お経を高い声には聞こえないほど読んでいるのも、尊い感じがする。高い声を出して読んでほしい気がするのに、まして鼻などは、声高く聞いて気持ちが悪いようにではなく、ひそかにかむのは、何のことを祈願する人だろう、その願いを叶えてあげたいほどと思われる。騒がしい中、作者にとってこの一コマは貴重な発見であって、また印象深い場面であろう。なぜなら、「あはれなるもの」にはこれに類似する内容が再び出ているからである。

(前略)よき男の若きが、御嶽精進したる。たてへだてゐてうちおこなひたる、暁の額、いみじうあはれなり。むつましき人などの、目さまして聞くらむ、思ひやる。(後略)　(一一五段「あはれなるもの」二一八頁)

〔傳聞録〕(管蠡抄・巻十)に「壁《カベハ》有《リ》レ耳《ミ》、墻《カキニ》有《リ》レ縫《ヌヒメ》」(注9)とあり、秘密が漏れやすいたとえになっているが、隔壁と音声との間に興味を覚えるのは人間の動物的本能に根ざすからであろう。

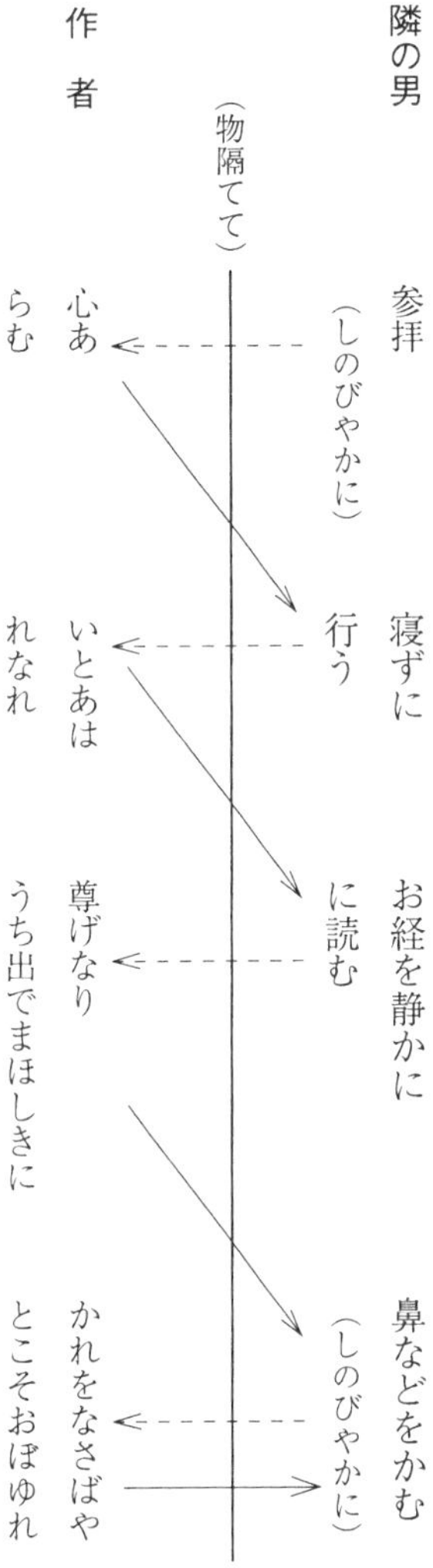

ものが隔てられ、発生源である男の動きとその音声を受ける作者側との間では、音声とそれに対する反応が連続的に往復している。

右の図の通り、まず、向こうから音を立てないように祈願する男の行いが作者の耳に止まった。作者は男の真剣に祈願する様子を想像しながら興味を湧かせた。注意して傾聴してみると、男は心の底までひたっているようで、寝もしない。作者はそれを不思議に思い、加えて同情心が呼び起こされた。男は小さな声でお経を読み、作者はこの音声を尊く感じ、局から出てその姿を確かめようと思いもした。男が鼻などをかむ音がはっきりと聞こえた。音を立てないようにかんでいる。作者は男の祈願に想像をめぐらせ、できればその願いを叶えてあげたいとさえも思った。

隔壁の向こう側の「しのびやか」な音に、作者の耳が引き付けられ、向こう側の悲しみが伝わるにつれて、作者はますます心を動かされてしまう。このような往復によって、「しのびやか」さが持つかすかな音響の美しさが波打って伝わる。つまり、上品な遠慮深い音が隔てた壁の向こうから発信され、受信側はそれに共鳴する。次第にその多様な音を追っていろいろと想像をめぐらせる。このように往復する中、優雅な音の風景が呈されてくるのである。

このような手法を用いたこの章段にはもう一例がある。

そよそよとあまた下り来て、大人だちたる人の、いやしからぬ声のしのびやかなるけはひして、帰る人々やあらむ、「その事あやふし。火の事制せよ」など言ふもあなり。

（同右　二二四頁）

ある年配の女性が女房たちに囲まれ、局から下りて来る。上品な声で、ゆっくりと降りる遠慮深い様子で、女房たちにあれもこれも注意しなさいと、一々言い付けている。

当然のことながら、物に隔てられると視線が遮られてしまう。すると、身の周りの人々の一挙手一投足に注意が行ってしまう。この章段では、特に「しのびやか（に）」振る舞いをする貴人でありそうな人々のことに作者の心が引き付けられているのである。

さらに、「物隔てて聴く」という手法を用いて構築している典型的な場面は「心にくきもの」の章段にある。

物へだててきくに、女房とはおぼえぬ手の、しのびやかにをかしげに聞えたるに、こたへ若やかにして、うちそよめきてまゐるけはひ。物のうしろ、障子などへだてて聞くに、御膳《おもの》まゐるほどにや、箸《はし》、匙《かひ》など取りまぜて鳴りたる、をかし。ひさげの柄《え》の倒れ伏すも、耳こそとまれ。（一九〇段「心にくきもの」三二九頁）

物を隔てて向こうの動きを聴くと、女房とは思えない、召使を呼ぶ貴人の手をたたく音がひそかに品よく聞こえる。それに答える女房の声が若くて、そよそよと参る衣ずれの音がする。何か物の後や、障子等を隔てて聴くと、貴人はお食事を召し上がっているようで、お箸、匙をお使いになっている音が聞こえてくる。それには風情がある。

まず向こうから目立たないように手をたたく音が伝わって来る。大変上品そうな遠慮深い叩き方で、風情のあるように聴こえる。このような音によって、普通の女房ではないことを判断することができる。すると、向こうで行ったことをいろいろと推測するのである。食事の時の、音の違いによって、それぞれの食器をどのように使っているかまで、作者の興味・関心が引き付けられている。

夜いたくふけて、御前にも大殿《おほとの》ごもり、人々みな寝《ね》ぬるのち、外《と》のかたに、殿上人《でんじやうびと》などに物などいふ。奥に碁石《ごいし》の、笥《け》に入《い》るる音あまたたび聞ゆる、いと心にくし。火箸を忍びやかに突い立《た》つるも、まだ起きたりけりと聞くも、いとをかし。

（同右　三三〇頁）

宮殿の夜になって、中宮をはじめ多くの女房がそれぞれお休みになる。とはいえ、まだ休んでいない人も少なくない。外で殿上人と話している女房の声々や、奥の部屋で碁石を箱に度々入れる音、さらに、隣の局の女房がそっと火箸を突き刺す音さえも作者の耳にとまる。隣の女房の目立たないように軽く火を突き刺す火箸の音は、まだ起きていることを暗示している。作者はこのようなかすかな音に耳が引き付けられ、彼女たちが何をしているかと想像するのである。

隣の局に男がいる場合、作者はさらに耳を澄まして話の内容さえも知りたくなる。

人の臥《ふ》したるに、物へだてて聞くに、夜中《よなか》ばかりなどうちおどろきて聞けば、起きたるなりと聞えて、言ふことは聞えず、男《をとこ》も、忍びやかにうち笑ひたるこそ、何事ならむとゆかしけれ

（一九〇段「心にくきもの」　三三〇頁）

真夜中に、作者は目が覚めて、隣の局からひそかに笑っている男の声が伝わってくる。「何の話か」と、作者の興味が引かれている。

おわりに

本章では『枕草子』に描かれた音・声の一側面――「しのびやか（に・なる）」を用いる場面をめぐって考えてみた。

『枕草子』においても、「しのびやか（に）」と「みそかに」「しのびて」との語意上の相違が見られる。即ち、「しのびやか（に）」は、人を憚かって隠す意味ではなく、意識して音を立てないように、丁寧に細かく遠慮深く振る舞うことを意味している。このような音声行為を褒め称える作者の姿勢――美意識が伺われる。

鈴木日出男博士は、秋山虔博士が指摘された「『枕草子』における物事の捉え方がいかにも局面的であること」を踏まえて、「こうした宮廷的な美は、作者の信ずる観点から一面的、絶対的に捉えられているだけに、持続する人生や広大な世界にとっては極めて断面的でしかないが、それだけにかえって観察を微細なものにして、感覚を鋭利なものにしている。この作品がすぐれて印象的感覚的であるのも、そのためである」と説かれている。（注10）

「しのびやか（に）」が取り上げられた男女の逢瀬の場面、女が古歌を誦じる場面、物を隔てて聞く場面についての分析を通して、まさに作者清少納言は鋭敏な感性の持ち主であることがうかがえる。その独自性については、以下の三点にまとめることができよう。

一、男が音を立てないように振る舞うことなど、「しのびやか」な男女の逢瀬に関する内容を多く捉え、これを賞賛する作者の美意識が表し出されている。

二、女性が古歌を誦じるときに、「しのびやかに」を用いて形容することで、王朝特有の女性らしい柔らかさ、優婉さが表されている。

三、隔てた向こうの音が「しのびやかに」聴こえる。隔てた壁の向こうから発した情報を興味深く受け止め、そして想像を加える。このように往復して、向こうの人自身も、聞かれる人も、共通した美意識のもとで生じた「しのびやかな」音響が雅やかに呈されている。

注

（1）大槻美智子氏「「みそかに」「しのびて」「しのびやかに」の語義と文章表現――『源氏物語』とそれ以前」（『国語語彙史の研究』十九　二〇〇〇年三月　国語語彙史研究会）

（2）『類聚名義抄』（第一巻・法上）

（3）『角川古語大辞典』（角川書店　一九八九年九月）

（4）築島裕著『平安時代の漢文訓読語につきての研究』（東京大学出版会　一九六三年三月）

（5）調べに当たって使用した索引は以下のとおりである。
『九本対照竹取翁物語索引』（笠間書院）『伊勢物語総索引』（明治書院）『土佐日記本文及び語彙索引』（笠間書院）『大和物語総索引』（笠間書院）『平中物語　本文と索引』（語文社）『落窪物語総索引』（明治書院）『宇津保物語　本文と索引』（笠間書院）『かげろふ日記総索引』（笠間書院）『枕草子総索引』（右文書院）『和泉式部総索引』（武蔵野書院）『紫式部日記用語総索引』（日本学術振興会）『源氏物語語彙用語総索引』（勉誠社）

（6）松尾聡「先をしのびやかに短う」（『枕草子月報』巻一　一九八四年七月）

（7）『新編日本古典文学全集25　源氏物語6』　三八二頁　注一〇。

（8）諸注いずれも決着していない部分なので、本章は『新編日本古典文学全集18　枕草子』（三〇二頁　注九）に従う。

（9）『龍門文庫善本叢刊　第三巻』（勉誠社　昭和六十年十月）　五六三頁。

（10）鈴木日出男「枕草子の文体」（岩波講座『日本文学史　第2巻　九・十世紀の文学』一九九六年七月）

第三章　「末摘花」巻における琴《きん》を「ほのかに掻き鳴らし」

――『うつほ物語』の「俊蔭」巻と比較して――

はじめに

光源氏は春・秋の二度故常陸宮邸を訪れている。この二度とも末摘花の琴の音を「ほのかに掻き鳴らし」と聴いている。そして、二度目の「八月二十余日」の夜に、とうとう隔ての障子を押し開けて侵入してしまう。この巻は、契りを交わすことを境に、その前半では末摘花の「琴」をめぐって物語が展開している。

一条兼良の源氏物語注釈書である『花鳥余情』(注1)は、春の朧月夜に「ほのか」な琴の音を聴き、荒れ果てた故常陸宮邸を眺める源氏の心情描写――「昔物語にもあはれなることどももありけれ」について、それが『うつほ物語』の「俊蔭」巻で、俊蔭の死後、その娘が荒れ果てた邸で琴を弾いていたが、偶然通りかかった、時の太政大臣の若君が垣間見て一夜の契りを交した事件を指している、という。中川正美氏は、「末摘花」巻の形成について、「宇津保物語への対抗意識」による「俊蔭巻を視座に入れての反転の物語」(注2)と指摘しておられる。とりわけ、「琴」に関する「俊蔭」巻からの投影といえば、源氏が末摘花姫君の琴に魅了され、契りを交す事態に進展するというあらすじだけでなく、琴の音色を修飾するという具体的な表現「ほのかに掻き鳴らし」をそのまま受け入れる点もある。

紫式部は「ほのかに掻き鳴らし」を通して、女主人公・末摘花のどのような心情を表そうとしているのか。その弾き方はどのような反応を引き起こしているのか。彼女の琴の音色が月などの自然風物に、またどのように作用されているのか。先行作品『うつほ物語』「俊蔭」巻が「末摘花」巻の一源泉になりながら、両者の相違点はどのようなところにあろうか。「俊蔭」巻における俊蔭の娘と若小君の一夜の逢瀬の場面と比べて考えてみたい。

一　「ほのかに掻き鳴らし」と女主人公の心象

末摘花は亡き父・故常陸宮の面影を思い浮かべるために、その遺愛の琴を掻き鳴らしている。「ほのか」な琴の音は、聞く側にある源氏が感受した音色ではあるが、後見人のいない娘一人の心細さが伝わってくる。彼女の琴のみを友とする寂しい暮らしについて、取次ぎの女房・大輔の命婦は、次のように源氏に紹介している。

故常陸《ひたち》の親王《みこ》の末にまうけていみじうかなしうかしづきたまひし御むすめ、心細くて残りゐたるを、（中略）
命婦「心ばへ容貌《かたち》など、深き方はえ知りはべらず。かいひそめ人疎《うと》うもてなしたまへば、さべき宵《よひ》など、物越しにてぞ語らひはべる。琴《きん》をぞなつかしき語らひ人と思へる」と聞こゆれば、
（①「末摘花」巻　二六七頁）（注3）

琴は彼女の唯一の話し相手である。親に先立たれてひっそりと心細く暮らしている中、夜も昼も、誰にも会わず、琴だけを格別に親しい友と思って大事に見守っている。彼女の才芸――琴について、源氏は、春の朧月夜にはじめて故常陸宮邸を訪れた際に、「ほのかに掻き鳴らしたまふ」のを聞いて、次のように感想を述べている。

をかしう聞こゆ。なにばかり深き手ならねど、物の音《ね》がらの筋ことなるものなれば、聞きにくくも思されず。

（②「末摘花」巻　二六九頁）

先ず、興趣のある音色であることを評価する。その技量がそれほどに上手というわけではないが、もともと品位の高い琴の音が格別なもので、聞き苦しいまでの感を受けていない、という。それよりも、源氏が「ほのか」な琴の音に耳を澄ましながら、思いが目の前の、昔の名残もなく荒れ果てた邸と重ね合わさって、立派な父親王がおいでなさった時の姿を正しく守ろうとする姫君の心の奥底に隠れている苦しみや悲しみを推察し感慨に耽っている。

いといたう荒れわたりてさびしき所に、さばかりの人の、古めかしうところせくかしづきすゑたりけむなごりなく、いかに思ほし残すことなからむ、（後略）

（①「末摘花」巻　二六九頁）

言い換えれば、姫君本人は昔のままに琴を掻き鳴らしている。しかし、伝わってきた「ほのか」な琴の音は、聞く側に悲しい印象を与える効果が生じる。即ち、後見人のいない、苦労を重ね重ねしてきた、悲しい、寂しい中にいるあわれな姫君像を思い浮かべるのである。この点について、その直後の、演奏を中断する理由を述べる命婦の話にも出ている。

いとかすかなるありさまに思ひ消えて、心苦しげにものしたまふめるを、（後略）

あるかなきかのような、父親のいないみすぼらしい様子に、心に痛みを感じるほどである。その苦しみと悲しみが明らかに出ているのは、秋に源氏が再度常陸宮邸を訪れる時である。

八月二十余日《よ》、宵過《よひ》ぐるまで待たるる月の心もとなきに、星の光ばかりさやけく、松の梢《こずゑ》吹く風の音心細くて、いにしへのこと語り出でてうち泣きなどしたまふ。いとよきをりかなと思ひて、御消息《せうそこ》や聞こえつらむ、例のいと忍びておはしたり。

月やうやう出でて、荒れたる籬《まがき》のほどうとましく、うちながめたまふに、琴《きん》そそのかされてほのかに掻《か》き鳴らしたまふほど、けしうはあらず。（①「末摘花」巻　二七九頁）

明月が出るまで待たずにはおられない姫君が、松の梢を吹く秋風の音が心細く聞こえて、昔のことを語りながら偲び泣いている。月が出て、命婦に勧められ、いつものように琴を「ほのかに」掻き鳴らす。後に、雪の夜に源氏が故常陸宮邸を垣間見る場面があるが、女房の一人が、寒い中「故宮おはしまししし世を、などてからしと思ひけむ。かく頼みなくても過ぐるものなりけり」と苦しみに堪えず昔を偲ぶ。それと合わせて、ここの「ほのか」な琴は、明月に向かって父親王を偲び泣いた後、頼りがなく、荒れる庭を眺め、悲しみが極まる寂しい心象が一層鮮明に表されている。

しかし、この悲しい音色は、春秋の情趣のある風景に調和され、寝殿の外で自然の風物を眺める源氏にとって、かえって風情のあるように聞こえてくる。春の場合は、朧月の下で、梅の香りが漂うなか、情趣のある音色が伝わってくる。秋になると、月の出を待ち、星の光だけがあって、風の音を心細く聞きながら、昔父親がいた頃のことを思い出し悲しんで琴を弾く。この両者は対照的でありながら、季節の情趣と悲しい境遇が調和していることによって、上手ほどではない末摘花の琴が勝っているように聞こえてくる。これが故に、命婦が「よきをりかな」「いとよきをりかな」と思ったからなのである。

その一方、突然目の前に現れた若小君を相手に、身の上を尋ねられた俊蔭の娘は、「ほのか」な琴を通して、亡き父を偲ぶ心情を表しているというよりも、父を亡くした後の零落を恥じる、身の上の儚さ、わびしさを悲しむ意を伝えているように思われる。そうした彼女の心象は、若小君への返事を通して伺える。

（前略）若小君、「あなおそろし。音したまへ」とのたまふ。「おぼろけにてはかく参り来なむや」などのたまへば、けはひなつかしう、童《わらは》にもあれば、少しあなづらはしくや覚えけむ、

俊蔭娘　かげろふのあるかなきかにほのめきてあるはありとも思はざらなむ

とほのかにいふ声、いみじうをかしう聞こゆ。いとど思ひまさりて、若小君「まことは、かくてあはれなる住まひ、などてしたまふぞ。たが御族《ぞう》にかものしたまふ」とのたまへば、女、「いさや、何にかは聞こえさせむ。かうあさましき住まひしはべれど、立ち寄り訪ふべき人もなきに、あやしく覚えずなむ」と聞こゆ。君、「疎きよりとしもいふなれば、おぼつかなきこそ頼もしかなれ。いとあはれに見えたまへれば、えまかり過ぎざりつるを、思ふもしるくなむ。親ものしたまはざなれば、いかに心細く思さるらむ。たれと聞こえし」などのたまふ。答へ、俊蔭娘「たれと人に知られざりし人なれば、聞こえさすともえ知りたまはじ」とて、前なる琴をいとほのかにかき鳴らしてゐたれば、この君、いとあやしくめでたしと聞きゐたまへり。夜ひと夜ものがたりしたまひて、いかがありけむ、そこにとどまりたまひぬ。

（①「俊蔭」巻　五三頁）（注4）

彼女の返事は、若小君が親しみやすい元服前の少年で、遠慮がいらないだろう、というやや安心した気持ちがあったから応えたものである。初めは、暗い中、気味悪く感じた若小君が「何か話してくれ」といったことに対して、彼女は「ほのかに言ふ声」で和歌を詠み、蜻蛉のようにあるかなきかにほのめくように暮らしている自分をもらす。その次に、どうしてこんな寂しい生活を送っているのかと聞かれた時に、彼女は驚くほどのひどい暮らしをして、訪れる人も無いのに、あなたは変に思わないかと、逆に相手の気持ちを確かめる。さらに、父親のいない、女一人でどんなにか心細いであろう、父親は誰かと聞かれた時に、彼女は親の名前を言っても知らないだろうと応えながら、それに「琴をほのかに掻き鳴らし」の動作を附加する。「ほのか」な琴は、「ほのかに言ふ」声と対応して、自分がおかれている侘しい現状を恥じて、心細い暮らしと身の上の儚さを悲しむ俊蔭の娘の心情が婉曲に表されている。

比べてみれば、末摘花も没落した貴族の姫君として貧困に陥っているが、住居がまだ存在し、何人かの女房がそばにいる。しかし、俊蔭の娘の場合は貧窮が極度に達している。俊蔭の娘の「ほのか」な琴からは、一層身の辺りの荒寥さ、自らの存在の不確かさが味濃く伝わってくるように思われる。例えば、彼女の悲しい暮らしぶりについて、本文ではこのように描かれている。

（前略）ものの心も知らぬ娘一人残りて、ものおそろしくつつましければ、あるやうにもあらず、隠れ忍びてあれば、人もなきなめりと思ひて、よろづの往還《わうくわん》の人は、やどどももこぼちとりつれば、ただ寝殿《しんでん》ひとつのみ、簀子《すのこ》もなくてあり。ほどもなく野のやうになりぬれば。娘はただ、乳母《めのと》の使ひける従者《ずさ》の、下屋《しもや》に曹司《ざうし》してありけるをぞ呼びて使ひける。父ぬしのいひしごと、所々の荘より持て来《こ》しも、使やりなどしてはたり持て来《こ》しときこそありしか、かくむげになりぬれば、ただ預りのもののよろこびにてやみぬ。はかなくうち使ふ調度《てうど》なども、親たちの亡くなりにけるさはぎに、とりかくしてしかば、みな失せはてにけり。

（①「俊蔭」巻　四七頁）

つまり、世間は彼女の存在すら知らなかった。往来の人々が家を壊して持ち去ってしまったので、ただ寝殿一つだけで、簀子も朽ちてなくなっており、邸内は野原のようである。使用人もただ亡き乳母が使っていた下女一人だけである。所々の荘園から献納された物資も管理人に横領され、日常用の調度品や道具類なども誰かに取られている。すべてはなくなってしまったという状態である。まさしく彼女が歌に詠んでいるそのものである。

俊蔭娘　わび人は月日の数ぞ知られける明け暮れひとり空をながめて

雑草が一面に生いはびこっている中、空を眺めて明けても暮れても沈みこんで月日を送っているのである。したがって、彼女が思ったように、人の訪れは極めて珍しいことであり、驚くことである。と同時に切に期待していたことであろう。その返事――「ほのか」な琴の音には、しきりに自分の素姓を尋ね、知りたいとする若小君への、かすかな感動と喜びという感情の流露も託されているように思われる。

ただし、この出会った時の「ほのか」な琴は、契りを交わした後、別れ難い若小君が再度彼女の親の名前を尋ね、覚えようとする時に、彼女が前と変わりなく身の上を明かさず、「かたはらなる琴を掻き鳴らし」とは異なる。後者は、たとえ、ここが朽ちて自分がいなくても、この琴の音を辿れば、再会できることを暗示し、自分はどこかでこの琴と共に生きている、との意を表している。この「別れの琴」は、後に兼雅が北野の行幸で、琴の音を尋ねて山に入り、仲忠に合い、母子を迎えるという物語の展開と照応している。比べて、「ほのか」な琴は、零落を恥じて、ちゃんとした家のものではない、名乗るものではない、という相手の尋ねられたことを逸らしたい俊蔭の娘の意識の働きが反映されている。

このように、「ほのか」な琴は後見人のいない娘一人の心細い心象が表されている。俊蔭の娘は、突然現れてきた、親しみやすい若小君を相手に、貧窮に陥っている身の上の僂さ、自分の素姓を尋ねる若小君に出会って、かすかな喜びなどの複雑な心情を「ほのか」な琴を通して伝えている。それに対して、見あらわされる前の末摘花は女房にそそのかされ、父親王がいた頃の昔のことを偲ぶ一つの思いで、古風なままに「ほのか」な琴を掻き鳴らしている。やがて、源氏という新たな後見人が現れるにつれて、「ほのか」な琴という心象表現は、彼女の中になくなっていくのである。

二　「ほのかに掻き鳴らし」と物語の展開

末摘花は琴の技量がそれほど上手ではない。しかし、源氏は春の朧月夜にひそかに聞いた「ほのか」な琴に心惹かれ、秋の「八月二十余日」に再び忍び訪れる。このような展開になったのは、まず、末摘花は琴に堪能であった故常陸宮の姫君で、弾いた琴が故常陸宮の遺愛の品だからである。

故常陸宮の系譜について、桐壷院の、あるいは先帝の兄弟でもあったのだろうか、という説（注5）があるが、作品では確かに記されていない。しかし、「上流貴族、あるいは皇族の姫」（注6）でもあるものと思われるように、皇室と繋がりのある孫王であることは、源氏が末摘花へ親近感を持てる一側面になるが、まして宮は琴の名人である。「我に聞かせよ。父親王の、さやうの方にいとよしづきてものしたまうければ、おしなべての手づかひにはあらじと思ふ」という源氏の言葉から、名高い故常陸宮の超凡な技量を体験したことが伺われる。したがって、晩年にえて寵愛なさった姫君はきっと父親王の深い造詣を受け継いで、よい趣味を持っているに違いない、という源氏の推断がごく自然であろう。源氏はこの頃、琴の名高い家系の姫君に注目する背景に、亡き夕顔のようなものやわらかで心のなごむ女とめぐり逢い、琴を介して心が通い合わせる深みのある恋を実現したい、という切実な願いがある。

ところが、末摘花のそれほどでもない技量を懸念する大輔の命婦は、その未熟さを源氏に察知されないうちに、空が曇ってくることや来客を予定していることなどを口実にして、僅かしか弾かせず、良いほどに切り上げさせている。興味津々にやってきた源氏にとって、当然、もの足りない演奏になってしまったが、「ほのか」な琴の音を耳にしながら、彼の思いに現れたのは、やはり「さばかりの人の」故常陸宮である。

古めかしうところせくかしづきすゑたりけむなごりなく、いかに思ほし残すことなからむ。

(①「末摘花」巻　二六九頁)

故常陸宮のような高い身分の姫君だからこそ、昔風に重々しく大事に養育なさったのであろう。今のように昔の名残さえなく、荒れ果てた邸に一人ぼっちで住んでいて、どんなにか悲しい物思いの限りを尽しているのであろう。近付いて話したいが、故常陸宮の姫君だから順序も踏まずぶしつけである。父親という大きな存在が常に脳裏にありながら、「ほのか」な琴を通して、姫君の心に隠れている苦しみと悲しみを察知し、接し方を慎重に計ろうとする源氏である。

命婦の仕業で短い演奏しか聞けなかった源氏は、寝殿から戻ってきた命婦に「なかなかなるほどにてもやみぬるかな。もの聞き分くほどにもあらで。ねらう」と咎め、「なほ、さやうの気色をほのめかせ」と、姫君に執心する意向を示す。「ほのか」な琴の音は、源氏の心に描いた姫君のイメージをますます奥ゆかしく思わせ、姫君への美的思い込みを一層助長させることになる。

夏が過ぎて、源氏が再度故常陸宮邸に忍び入ってしまったが、それが主に恋のライバル・頭中将が絡んでいるので、彼には「まけてはやまじ」という競争心に駆られて取った行動である。

春の朧月夜に、頭中将は源氏の後をつけて、故常陸宮邸から聞こえてくる「ほのか」な琴を蔭で立ち聞きした。笛の名人の彼も源氏と同じように「ほのか」な音色に心惹かれてしまった。その直後、二人は左大臣邸に帰って、左大臣の高麗笛が加わった笛吹きの合わせや、琵琶の名人の中務の君の存在があったにしても、末摘花の「ほのか」な琴はまだ余韻が響いているようで、彼ら二人の記憶から去らないのである。

君たちは、ありつる琴《きん》の音《ね》を思し出でて、あはれげなりつる住まひのさまなども、様《やう》変へてをかしう思ひつづけ、あらましごとに、いとをかしうらうたき人の、さて年月《としつき》を重ねゐたらむ時、見そめていみじう心苦しくは、人にももて騒がるばかりやわが心もさまあしからむなどさへ、中将は思ひけり。この君のかう気色ばみ歩《あり》きたまふを、まさにさては過ぐしたまひてむやと、なまねたうあやふがりけり。

（①「末摘花」巻　二七四頁）

頭中将は、あのようなわびしい住まいに通ったら、世間はどんなに騒ぐだろうと妄想し、それを聞いた源氏は、このままでは済ませないだろうなど、いまいましく気がかりになる。それより、源氏の競争心をいっそう掻き立てたのは、頭中将も手紙を送り、返事がこないため、源氏にだけは返事があったのだろうと邪推することを知ったからである。じれったい源氏は大輔の命婦に手引きを促す。

源氏「おぼつかなうもて離れたる御気色なむいと心憂き。すきずきしき方に、疑ひよせたまふにこそあらめ。さりとも、短き心ばへつかはぬものを。人の心ののどやかなることなくて、思はずにのみあるになむ、おのづからわが過ちにもなりぬべき。心のどかにて、親兄弟のもてあつかひ恨むるもなう、心やすからむ人は、なかなかなむらうたかるべきを」とのたまへば、（後略）

（①「末摘花」巻　二七六頁）

源氏にとって、末摘花は亡き夕顔の代わりでありながらも、琴を通じて心の隔たりのない恋を実現したい「女」であり、決して頭中将に奪われてはならない存在である。思わぬ頭中将の出現とその競争は、一日も早く姫君のそばでその琴を聞きたい源氏が、遂に「秋の二十余日」に再度訪れる要因となる。

その一方、俊蔭巻における若小君と俊蔭の娘の逢瀬の場面では、俊蔭の娘の琴が三度登場している。はじめは、荒れ果てた邸に立ち寄る若小君は、俊蔭の娘の「みそかに」掻き鳴らした琴の音を耳にして寝殿に入る。その次に、女君に出会って話を交し、「ほのか」な琴に魅了され深い約束をする。三度目は、夜明け前の別れる時に、俊蔭の娘が悲しく再び琴を掻き鳴らす。

若小君が俊蔭の娘の「ほのか」な琴に魅了され契りを交わす、という物語の展開は、まさしく俊蔭の娘が父親に秘技を伝授された、この国の唯一の琴の秘手であるための、すばらしい技量を持っているからである。「同じくかき鳴らす声、父に勝る。父が弾く手、一つ残さず習ひとりつ。」（「俊蔭」巻　四四頁）とあるように、彼女は父親よりさらに優れている。

そして、彼女が弾いたのはただの琴ではなく、「りうかく風」という、「ほそを風」「やどもり風」「やまもり風」「せた風」「はなぞの風」「かたち風」「みやこ風」「あはれ風」「おりめ風」「なん風」「はし風」とその他の無名の琴と共に、父親俊蔭が半生を費やし、命を賭けて習得してきた秘琴である。「りうかく風」の霊妙さとその奇瑞の力について、住みよいうつほで、俊蔭の娘が子どもの仲忠に琴を習わす場面に出ている。

りうかく風をばこの子の琴にし、ほそをばわれ弾きて習はすに、聡くかしこく弾くこと限りなし。人気《け》もせず、獣《けだもの》、熊、狼ならぬは見え来ぬ山にて、かうめでたきわざをするに、たまたま聞きつくる獣、ただこのあたりに集まりて、あはれびの心をなして、草木もなびく中に、尾一つ越えて、いかめしき牝猿《めざる》、子ども多く引き連れて聞く。この物の音《ね》を聞きめでて、大きなるうつほをまた領《らう》じて、年を経て、山に出で来るもの取り集めて住みける猿なりけり。このものの音《ね》にめでて、ときどきの木の実を、子どももわれも引き連れて持て来。

（①「俊蔭」巻　八〇頁）

その琴の音を愛でて、山の獣たちは集まってきて、大きな牝猿は子猿を引き連れて木の実を運んでくる。したがって、若小君は足が止まったことも、「りうかく風」の美しい妙音に魅了されてしまったからであろう。

（前略）この君、いとあやしくめでたしと聞きゐたまへり。夜ひと夜ものがたりしたまひて、いかがありけむ、そこにとどまりたまひぬ。

かくて、あはれにいみじく、心細げなるけしきを見たまひしより、思ひつきにしを、まして近く見ては、いま千重《ちへ》まさりて、あはれにかなしく思ほえて、親の御もとに帰らざらむも何とも覚えたまはねど、（後略）

（①「俊蔭」巻　五四頁）

若小君は不思議なかつ素晴らしい「ほのか」な琴の音に心引かれ、いろいろと語り合い、そこに泊まってしまう。

心に沁みて女君の様子をみて、愛慕の情がつく。近く見て後、愛情は千倍にもまさる。この女がいたわしく愛しく思われて、このまま親のもとに帰らなくてもなんとも思わないのである。

このように、「ほのか」な琴は恋物語の始まりに出ている。源氏も若小君も女主人公の「ほのか」な琴の音に心が惹かれ、契りを交わすという事態に進展している。若小君は俊蔭の娘の素姓を知らずに、秘琴の不思議な音色に惹かれてしまうことに対して、源氏は春には、琴の名人・故常陸宮という父親の琴への関心を持って、その姫君である末摘花の琴を望んでおり、秋には、頭中将の競争に負けないように再度訪れているのである。

三　「ほのかに掻き鳴らし」と月などの自然風物

春の朧月も、秋の「八月二十余日」の明月も、源氏が「ほのか」な琴に興味を引かれることに大いに作用している。

朧月夜は、湿気の多いため、琴の機能を発揮するのに不利な条件ではあるが、それに「梅花」が調和したことで、「ほのか」な琴の音が引き立って聞こえてくる。この点について、命婦の一連の反応から確認できる。

のたまひしもしるく、十六夜《いさよい》の月をかしきほどにおはしたり。命婦「いとかたはらいたきわざかな。物の音《ね》すむべき夜のさまにもはべらざめるに」と聞こゆれど、源氏「なほあなたに渡りて、ただ一声《ひとごゑ》もよほしきこえよ。空《むな》しくて帰らむがねたかるべきを」とのたまへば、うちとけたる住《す》み処《か》にすゑたてまつりて、うしろめたうかたじけなしと思へど、寝殿に参りたれば、まだ格子もさながら、梅《むめ》の香《か》をかしきを見出だしてものしたまふ。よきをりかなと思ひて、

（①「末摘花」巻　二六八頁）

命婦は十六夜にやってきた源氏に、琴の音色が澄んで聞こえる空模様ではないと難色を示す。それにしても、是非とも姫君の琴を聞かせてほしいという源氏の所望を拒否することができず、仕方が無く寝殿に参上する。その時、彼女の目に映ったのは、姫君が格子を上げて梅の香を賞美している一コマである。ちょうど良い時だよと、やや安心して姫君に頼む。即ち、春の朧月夜の梅の香りが漂う時には、末摘花のような上手と言えるほどではない「ほのか」な琴でも、風情のあるように聞こえてくるからである。

「朧月夜と梅と琴」という組み合わせは、「若菜下」巻の、「正月二十日ばかり」の六条院の女楽においても出ている。

正月二十日ばかりになれば、空もをかしきほどに、風ぬるく吹きて、御前《おまへ》の梅《むめ》も盛りになりゆく。おほかたの花の木どももみなけしきばみ、霞《かす》みわたりにけり。（④「若菜下」巻　一八五頁）

臥し待ちの月はつかにさし出でたる、（④「若菜下」巻　一九四頁）

しかも、源氏と長男の夕霧の間で行われた、音楽に関する春秋優劣論では、夕霧が特に秋の月よりも春のおぼろ月が勝っていると強調している。

大将の君、「秋の夜の隈なき月には、よろづのものとどこほりなきに、（中略）春の空のたどたどしき霞の間《ま》より、朧なる月影に、静かに吹き合はせたるやうには、いかでか。笛の音なども、艶《えん》に澄みのぼりはてずなむ。女は春をあはれぶと古き人の言ひおきはべりける、げにさなむはべりける。なつかしくもののととのほることは、春の夕暮こそことにはべりけれ」と申したまへば、（同右）

彼は「女は春をあはれぶ」という『詩経』の言葉を引いて、薄い朦朧とした月光の下での女性の楽の音が優しく、一層引き立つという。この論は、後の源氏も加わり、打ち解けた演奏によって実証されているが、とりわけ女三の宮の琴《きん》は格別である。

月やうやうさし上がるままに、花の色香《いろか》もてはやされて、げにいと心にくきほどなり。（中略）琴《きん》は五箇《ごか》の調べ、あまたの手の中に、心とどめてかならず弾きたまふべき五六の撥を、いとおもしろくすまして弾きたまふ。さらにかたほならず、いとよく澄みて聞こゆ。春秋よろづの物に通へる調べにて、通はしわたしつつ弾きたまふ心しらひ、（後略）　（④「若菜下」巻　二〇〇頁）

自然風物と宮の琴について、藤河家利昭氏は次のように論じておられる。

季節のどんなものにでも通わせて弾くことが出来るのは宮の琴だけである。この場合では月と梅の花であろうか。末摘花の巻でも、琴を弾く時に春の朧月夜と梅の花があった。宮はこの月と梅の花とによってその力を十分に発揮出来たと考えられる。（中略）宮の琴が前よりも勝っているのは、この月を初めとする春の風物が作用していると考えられる。その上に宮の琴は春秋あらゆるものに通う調子であった。（注7）

同じく、末摘花の琴も春だけでなく秋にも通うものである。星の光だけがきらめいた風景や松の梢を吹く風の音などの秋のわびしい気配は、姫君に心細さを募らせ、昔のことを泣きながら思い出させている。悲しい心情の元で弾いた「ほのか」な琴の音が、またようやく出てきた明月に作用され、いっそう風情のあるように聞こえてくる。命婦の「いとよきをりかな」と思ったことや、源氏の「けしうはあらず」と感じたことは、まさしくこのような季節の情趣と悲しい境遇の調和から生じた末摘花の琴への僅かな期待と評価であろう。

その一方、俊蔭の娘と若小君の一夜の逢瀬の場面においても、「月」をはじめ秋の風物が出ている。特に月の場合は、徐々に上っていくものではなく、「八月中の十日ばかり」の山の端に次第に入っていく、という早く沈む「明月」が取り上げられている。その沈む具合は、若小君の、荒れ果てた俊蔭邸内に入り、寝殿にさらに俊蔭の娘が隠れている塗籠に近づく、という行動と同時に移動しているように描かれている。言い換えれば、若小君にとって、どこまでも澄んでいる月は、荒れ果てた俊蔭邸、情趣深い庭を案内してくれる明かりであり、月の姿が隠れて、辺りが暗くなることは「女」に早く会いたくなる思いが生じる切っ掛けである。二人の対面、会話、さらに「琴をほのかに掻き鳴らし」たことは、明月が山の端に入った後の、月の影がかすかに残っている時であるが、月の移行とその後の朦朧とした情景は、男女交情の場面において、特に若小君にとっては、「ほのか」な琴の音が一層情調的に聞こえてくることに働きをかけているように思われる。

こうした表現効果が生じたのは、月が大いに若小君の心理に作用しているからである。月が中天にかかっている時に、光に照らされた庭を巡り歩く若小君は、風情を感じながらも折から秋のわびしい気配を耳にして、「女」のもの寂しさを哀れに思うのである。

（前略）蓬《よもぎ》、葎《むぐら》の中より、秋の花はつかに咲き出でて、池広きに月おもしろく映れり。おそろしきこと覚えず、おもしろきところを分け入りて見たまふ。秋風、河原《かはら》風まじりてはやく、草むらに虫の声乱れて聞こゆ。月隈なうあはれなり。人の声聞こえず。かかるところに住むらむ人を思ひやりて、独りごとに、

若小君　虫だにもあまた声せぬ浅茅生《あさぢふ》にひとり住むらむ人をこそ思へ

とて、深き草を分け入りたまひて、屋のもとに立ち寄りたまへれど、人も見えず。　（①「俊蔭」巻　五一頁）

賀茂の河原からの川風に交じってさっと吹いてくる秋の冷たい風や、人の声がなく、ただ草むらにすだく虫の声々は、このような荒れたところに、たった一人が住んでいて、どんなに寂しいことかと、若小君に思わせている。

琴をみそかに弾く「女」がいることに気付いた若小君は、「女」をこれから隠れていく「月」に擬えて、在原業平の歌「飽かなくにまだきも月のかくるるか山の端にげて入れずもあらなむ」古今・八八四の上句「あかなくにまだきも月の」を口ずさむ。本歌の、酒に酔い部屋の奥に引き込もうとする惟喬親王に擬えた「月」を奥へ入ってしまった「女」に擬えて、存分に堪能していない月のように逃げないでおくれ、と声をかける。

月が次第に山の端に入っていくにつれて、部屋の中も暗くなる。若小君はまた、隠れた後の月の影を奥に入った「女」に擬えて、「立ち寄るとみるみる月の入りぬれば影を頼みし人ぞわびしき」「入りぬれば影も残らぬ山の端に宿まどはして嘆く旅人」の二首を詠み、美しい「女」を匂わして来たのに、「女」がなかなか会ってくれない自らの寂しい心情を訴えている。

このように、月などの風物は末摘花の琴にも俊蔭の娘の秘琴にも大いに作用している。若小君と俊蔭の娘との逢瀬の場合は、少しずつ沈んでいく月の移行は特に若小君の心理に影響を与えている。彼の中で、哀れな女君のイメージと早く美しい「女」に会いたい心情が生じることによって、その後の朦朧とした情景の元で、感受した「ほのか」な琴の音が一層情調的になるのである。それに対して、末摘花の琴は、梅の香りが漂う春の朧月夜にも、悲しんだ後ようやく出てきた秋の明月にも通うものである。季節の情趣と悲しい境遇が調和されていることによって、上手と言えるほどではない「ほのか」な琴の音が、風情のあるように聞こえてくるのである。

おわりに

右記のように、「末摘花」巻における源氏が春秋二度故常陸宮邸を訪れる場面に出ている、琴を「ほのかに掻き鳴らし」という表現をめぐって、その一源泉と言われる「俊蔭」巻における俊蔭の娘と若小君の一夜の逢瀬の場面と比較した。

源氏は元服したばかりの若小君と違って、「雨夜の品定め」以来、空蝉との「はかない縁」、夕顔との「匿名の恋」などを体験している。邂逅により俊蔭の娘の秘琴の「ほのか」な妙音に魅了され、一夜の契りを交わした若小君と比べて、源氏は琴を通じて、理想の女性にめぐり逢い、深みのある恋いを求めようとする強い思いを抱いている。言い換えれば、源氏の場合、琴の技量のよさというよりも、荒れ果てた邸に住む故常陸宮の姫君であることに注目して、その琴を望んでいるのである。従って、女主人公の琴に関する描写「ほのかに掻き鳴らし」という表現が同様であっても、寄せた興味と関心とが違うゆえに、源氏と若小君両者の感受した琴の音色は異なってくるのである。

若小君には、貧窮に陥る身の上の儚さや、若小君に出会ったかすかな喜びなどという複雑な心情を表す俊蔭の娘の「ほのか」な琴が、月の移行と沈んだ後の朦朧とした情景の中、一層情調的に聞こえてくる。その一方、源氏は、父親王がいた頃のことを偲ぶ一つの思いで、昔風に掻き鳴らした末摘花の悲しい「ほのか」な琴を感受し、後見人のいない娘一人の心細さ、悲しみが極まる寂しい心情を理解しようとしている。それに、荒れ果てた邸から伝わってきた、上手ほどとは言えないか細い音色は、月など情趣のある風景に調和されており、故常陸宮の姫君の正体を見届けるまで、春秋二度訪れる源氏に美しい幻想を膨らませているのである。

注

（1）『花鳥余情　源氏和秘抄　源氏物語之内不審条々　源語秘訣　口伝抄』（中野幸一編『源氏物語古注釈叢刊　第二巻』武蔵野書院　昭和五十三年十二月）五五頁。
（2）中川正美著『源氏物語と音楽』（和泉書院　一九九一年十二月）五八頁。
（3）『源氏物語』本文の引用は、阿部秋生・秋山虔・今井源衛・鈴木日出男校注・訳『新編日本古典文学全集20』（小学館　一九九四年三月）により、冊数・巻・頁数を示す。以下同じ。
（4）『うつほ物語』本文の引用は、中野幸一校注・訳『新編日本古典文学全集14』（小学館　一九九九年六月）により、冊数・巻・頁数を示す。以下同じ。
（5）宮川葉子「末摘花私論」（『緑岡詞林』巻五　一九八一年三月）
（6）玉上琢弥著『源氏物語評釈　三』（角川書店　昭和四十年五月）三八七頁。
（7）藤河家利昭著『源氏物語の源泉受容の方法』（勉誠社　平成七年二月）四〇四頁。

第四章　漢籍における「かすか(な)」音・声
――白居易の『琵琶行』を中心にして――

はじめに

本章は、漢籍に視点を変えて、白居易の名作『琵琶行』を中心にして、『白氏文集』『和漢朗詠集』などの文献における「小さい」「低い」音・声を表す表現の役割について考えてみたい。

まず、『現代漢語詞典』（北京商務印書館）（注1）、『中国語大辞典（全一巻二冊）』（角川書店）（注2）、『大漢和辞典』（大修館書店）などの辞書類を用いて、「かすか（な）」音・声について、または「ひそか（に）」「こっそり（と）」「しのび」て行動するときに、どのような表現が用いられるかを調査し、概観してみる。

一　辞書類における「かすか（な）」音・声

まず、『現代漢語詞典』と『中国語大辞典（全一巻二冊）』とを合わせて、「自然界」における「かすか（な）」音・声に関する表現――擬声語を調べてみたが、

「索索」雨などのかすかな音。

「瑟瑟」あまり強くない寒風の音。

「淅淅」よそ風・小雨・小雪の音。

「淅瀝（＝淅淅瀝瀝）」かすかな風・雨・木の葉の落ちる音などを形容する。

「啾唧」蟲・鳥などの細かい、低い、とぎれとぎれの音・声。

「凄切」（声・音が）寂しげで痛ましい、物寂しい。

「嗚嗚咽咽」かすかな寂しげな水や楽器の音がむせび泣くように鳴り渡る。

などがある。それに対して、人間が発した、小声で話す、泣く、うめくなどの行為を表す擬声語は、次のような表現が見られる。


「哼哼唧唧」小声でほそぼそと話す。

「哼哼吱吱」（病気などで）かすかにうなるさま。

「戚戚渣渣」ささやく声。

「咕唧（＝唧咕）」ひそひそ話す、小声で話す。

「啾咕」くどくどと小声で話す。

「喃喃（自語）」小声でひそひそ話す。

「沈吟」小さい声で話す。

「呻吟」うなり声。うめく声。

「嗚咽」低い声で泣く。

「嘘声嘘気」小声でゆっくりと話すさま。

「啁哳」小さな声や音が交じり合っているさま。


擬声語のほか、やはり人間が「ひそひそ話」を表すのには、「咬耳朵」もあり、日本語でもある「耳語」「私語」

もある。

その一方、「絲」「軽」「細」「幽」「暗」「隠」「悄」など一字の表現がある。それらを元にして構成した語彙のなか、「小さな声で話」す、「かすか（な）」音・声に関する表現が多く存在している。

それぞれを見ると、「絲」からは「絲絲拉拉」、「軽」からは、「軽語」「軽言細語」が挙げられるし、「細」からは、「細柔（＝柔細）」、「細弱」、「細声児」「細微」「細語」「細切」が挙げられる。ただし、「細切」はかすかで、かつ急である音を表している。そして、「幽」からは「幽幽」「幽微」「幽咽」のほか、『大漢和辞典』には「幽音」「幽律」「幽響」「幽瑟」「幽韻」「幽琴」「幽吟」「幽潺」「幽哦」「幽声」などが見られる。

「隠」「悄」「暗」の三字は、主観的に音を立てないよう、声を押さえるよう、といった「ひそかに」「こっそり（と）」の意が濃いように思われる。例えば、「隠泣」はひそやかに泣くことを表し、「悄声悄語」はひっそりした声を表している。『琵琶行』の一句「尋声暗問弾者誰」に出ている「暗」は声をひそめる意である。

ところで、「かすか（に）」、「ひそか（に）」、「ささやく」などの訓みについて、和文資料ではどのような宛て字が用いられているのであろうか。『大漢和辞典』の「字訓索引」では、次のような漢字が挙げられている。

【かすか】「仄」「圠」「玄」「糸」「沕」「屍」「枚」「盱」「幽」「眇」「秒」「敚」「恷」「窈」「紗」「匿」「晦」「細」「幾」「殗」「渺」「菲」「微」「嘒」「精」「迸」「瘞」「緲」「濄」「蔽」「藹」「默」「隠」「竄」

【ひそか】「宓」「秘」「密」「禁」「機」「竄」

【ひそかに】「陰」「閒」「竊」

【ささやく】「呫」「湒」「咹」「耾」「喘」「詀」「嗏」「菽」「諃」「嗁」「噜」「噥」「囃」「聶」「謵」「謺」「讘」「囁」

このうちの「幽」「微」に関する使用は『和漢朗詠集』において確認することができる。しかし、このなかにはない『和漢朗詠集』ではよく出ている、例えば「窃《ひそ》か」「偸《ひそ》か」「潜《ひそ》か」「暗《ひそ》か」や「かすか(な)」音を表す「切々」などの表現もあるのである。

二　白居易の『琵琶行』における「かすか(な)」音・声

『琵琶行』は詩人白居易が九江郡司馬に左遷された翌年の秋、潯陽江の岸辺で、夜、旅人を見送った際に、長安の名妓・琵琶女の名演奏とその身の上の悲しい話を聞いて、感慨のあまり詠んだものである。この詩には、琵琶の音、人の話す声、泣く声など、高いのも低いのも、大きいのも小さいのも、さまざまに描かれている。「かすか(な)」「ひそか(に)」のような意に相当する「小さい」「低い」の音声表現、または声や音を小さく押さえる意を表す表現がいくつか現れている。例えば、「切切」「私語」「幽咽」「暗」「悄」などはそれである。これらの語彙は、豊富で変化極まりない琵琶の奏法、強弱高揚の音響効果を描く一節に集中的に出ている。

（前略）
軽攏慢撚抹復挑。初為㆓霓裳㆒後緑腰。
大絃嘈嘈如㆓急雨㆒。小絃切切如㆓私語㆒。
嘈嘈切切錯雑弾。大珠小珠落㆓玉盤㆒。
間關鶯語花底滑。幽咽泉流氷下難。
氷泉冷澀絃凝絶。凝絶不㆑通聲暫歇。
別有㆓幽愁暗恨生㆒。

此時無レ聲勝レ有レ聲。
銀瓶乍破水漿迸。鐵騎突出刀槍鳴。
曲終収レ撥當レ心畫。四弦一聲如ニ裂帛一。
東船西舫悄無レ言。唯見江心秋月白。
（後略）

軽攏《けいろう》　慢撚《まんねん》　抹《まつ》復《ま》た挑《ちょう》　初めは霓裳《げいしょう》を為《な》し　後《のち》は緑腰《ろくよう》
大絃《たいげん》は嘈嘈《そうそう》として急雨《きゅうう》の如く　小絃《しょうげん》は切切《せつせつ》として私語の如し
嘈嘈と切切と　錯雑《さくざつ》して弾き　大珠　小珠　玉盤《ぎょくばん》に落つ
間關《かんかん》たる鶯語《おうご》花底《かてい》に滑《なめ》らかに　幽咽《ゆうえつ》せる泉流《せんりゅう》　氷下《ひょうか》に難《なや》めり
氷泉《ひょうせん》は冷澀《れいじゅう》して絃は凝絶《ぎょうぜつ》し　凝絶《ぎょうぜつ》して通《つう》ぜず聲暫らく歇《や》む
別に幽愁《ゆうしゅう》と暗恨《あんこん》の生《しょう》ずる有り
此の時　聲無きは　聲有に勝《まさ》れり
銀瓶《ぎんぺい》乍《たちま》ち破《やぶ》れて水漿《すいしょう》迸《ほとばし》り　鐵騎突出《てっきとっしゅつ》して刀槍《とうそう》鳴る
曲終わり撥《ばち》を収《おさ》むるに心《むね》に當てて畫《かく》す　四弦一聲裂帛《しげんいっせいれっぱく》の如し
東船西舫《とうせんせいほう》悄《しょう》として言《こと》無《な》し　唯だ見る江心《こうしん》に秋月《しゅうげつ》の白きを
（注3）

大絃の、せわしく、夕立のような「嘈嘈」の高い音があれば、小絃の、細くつまって、耳元でささやくような「切々」の低い音がある。鶯のような滑らかな鳴き声があれば、泉の水の流れのような、かすかにむせび泣く声がある。悲しい時には、琵琶の絃が泉の水が凝り固まってとまったように、通わなくなり、音がしばらくとだえる一方、高揚の時には、銀の瓶《かめ》がさっとわれて水が噴き出すように、また、鉄の甲冑《かっちゅう》の騎馬武者がぱっと飛び出して、刀や槍が鳴るように、騒がしい音が連続する。白居易は相反する手法で、比喩の対象を用いながら、「急雨・私語・大珠・小珠・玉盤・鸎語・幽咽せる泉流・銀瓶・水漿・鐵騎・刀槍・裂帛《れっぱく》」など、それぞれの語が持つイメージ的な音響を駆使して、連想から生まれる類似音の効果を図ろうとしているのである。

このうち、小さい、低い、細い音響は、□で囲んでいる「切切」「私語」「幽咽」「暗」「悄」などの表現によって反映されている。これらの語意の意味を『大漢和辞典』の解釈を引いて、確かめてみれば、

【切切】①秋の聲のさびしいさま。
　②聲が細く続くさま、ひそひそと私語するさま。
【私語】低聲でささやくをいふ。又、ひそひそばなし。
【幽咽】むせぶ。むせび泣く。又、聲がつまりかすかになる。
【幽】かすか。〔爾雅、釋詁〕幽、微也。
【暗】あんに。人知れず。それとなく。ひそかに。
【悄】①うれへなやむさま。
　②静かなさま。【悄悄的・悄悄地】こっそり。

である。以下は、このうちの「切切」「幽（咽）」「暗」「悄」の四つの語彙の使用について調べることにする。

1　「切切」について

「切切」は細く低い、けれどもせっぱつまったような音・声に関してよく用いられており、後の「私語」と結

びつけると、現代中国語においても、四文字熟語としての「窃窃（切切）私語」がよく使われている。『琵琶行』では、大絃の、「ざーざー」とせわしく、夕立のような音を形容する「嘈嘈」の対語として、小絃の、細くつまって、耳元でささやくような音を表している。このような細く低い「楽の音」を表す「切切」の用法は、白居易の『秦中吟十首并序　五弦』（巻二・0082）にも見られる。

清歌且罷ㇾ唱、紅袂亦停ㇾ舞。
趙叟抱二五絃一、宛轉當ㇾ胸撫。
大聲麤若ㇾ散、颯颯風和ㇾ雨。
小聲細欲ㇾ絶、**切々**鬼神語。
又如二鵲報一ㇾ喜、轉作二猿啼苦一。
十指無二定音一、顛二倒宮徵羽一。
坐客聞二此聲一、形神若ㇾ無ㇾ主。
行客聞二此聲一、駐足不ㇾ能ㇾ挙。
嗟嗟俗人耳、好ㇾ今不ㇾ好ㇾ古。
所以緑窓琴、日日生二塵土一。

清歌　且《しばら》く唱《とな》ふるを罷《や》めよ　紅袂《こうべい》亦舞《ま》ふを停《とど》めよ
趙叟《ちょうそう》五絃を抱《いだ》き　宛轉《えんてん》として胸《むね》に當てて撫《ぶ》づ
大聲は麤《そ》にて散ずるが若《ごと》く　颯颯《さつさつ》たり風と雨と
小聲は細くして絶《た》えなんと欲し　切々として鬼神《きしん》語る
又　鵲《かささぎ》の喜びを報ずるが如く　轉じて猿啼《えんてい》の苦しきを作《な》す
十指定音《ていおん》無く　宮《きゅう》徵《ち》羽《う》を顛倒《てんたう》す
坐客《ざかく》此《こ》の聲を聞けば　形神主《けいしんしゅ》無きが若し
行客《かうかく》此《こ》の聲を聞けば　足《あし》を駐《とど》めて挙《あ》ぐること能《あた》はず
嗟嗟《ああ》俗人《ぞくじん》の耳　今《いま》を好みて古《いにしえ》を好まず
所以《ゆえ》に緑窓《りょくさう》の琴《こと》、日日《ひび》塵土《じんど》を生《しゃう》ず（注4）

（訓み方は佐久節著『白楽天全詩集』（一）による）

演奏者・趙叟（趙璧）が、『五弦弾』にも登場している。白居易は彼女の古風の音色や奏法が失った演奏を描くことを通して、今を好んで古を好まない風潮を戒めているのである。この詩においても、高い声は荒くて、雨交じりの風が音をたてて吹くようであるのに対して、低い声は細くて消えそうで、鬼神《きしん》のひそひそ話のようである、という対比の描写パターンを取っている。ここの「切切」も、小刻みに速く奏することによって生じた、つまって切れたような、細くて低い声を形容しているのである。

比べてみれば、「切切」が修飾した部分について、『琵琶行』は「私語」であって、『五弦』は「鬼神語」である。前者の、意味が通じる作者が評価する演奏にせよ、後者の、人間の気持ちに通じない、作者が批判する荒い演奏にせよ、「切切」は単に細く低い、だけどせっぱつまったような音・声を表す最適の「擬声語」であることがうかがえる。

そして、「秋の聲のさびしいさま」の意に関しての「切」の用い方は、白居易の『秋蟲』詩と『村夜』詩には出ている。

切切暗窓下、喓喓深草裏。
秋天思婦心、雨夜愁人耳。

切切《せつせつ》たり　暗窓《あんそう》の下《もと》、喓喓《えうえう》たり　深草《しんさう》の裏《うち》。
秋天《しうてん》　思婦《しふ》の心《こころ》、雨夜《うや》　愁人《しうじん》の耳《みみ》。

（『秋蟲』・『白氏文集』巻十四・0754、『和漢朗詠集』の三二七）

霜草蒼蒼蟲**切切**。
村南村北行人絶。
獨出前門望野田。
月明蕎麦花如雪。

霜草《さうさう》は蒼蒼《さうさう》として　蟲《むし》切切《せつせつ》たり、
村南村北《そんなんそんほく》　行人《かうじん》絶《た》ゆ。
獨り前門《ぜんもん》に出《い》でて　野田《やでん》を望めば。
月明《つきあきら》かにして　蕎麦《けうばく》　花《はな》　雪《ゆき》の如《ごと》し。

（『村夜』・『白氏文集』巻十四・0793）

この二首とも、「切切」は、晩秋のものさびしい、悲しい音の風景——深々とした草の中で哀切な気持ちを込めて、不安げにしきりに鳴く蟲の声を表すために、用いられている。白居易の詩句「霜草欲枯蟲思急（苦）」（巻六十六『答夢得秋庭独坐見贈』三二八七）に出ている「急」という字はまさに、自分の居場所が霜に打たれ今にも枯れようとしている、厳しい事態におかれた「蟲」の焦る気持ちが言い表されている。秋の気配が深まる一方の中、気力が衰えつつ、しかし何とか生きていきたい。このような蟲の憐れの心情とその様子は「切切」によって、肌でしみじみと感じられるように伝わってくるのである。

2　「幽（咽）」について

「幽咽」は、『琵琶行』では、メロディーが、時に花の木の下で鳴く鶯のような流暢な美声に対して、時に氷の下をむせび泣くようなかすかな泉の流れる音を表している。この音は琵琶女の心底に溜まりに溜まった深い悲しみの現れであり、その気持ちが声が暫くやむ、悲しい頂点「別有二幽愁暗恨生一」に昇華する始まりである。

「幽咽」を用いる詩句が『和漢朗詠集』「酒」部にも出ている。

新豊《しんぽう》の酒の色は　鸚鵡《あうむ》の盃《はい》の中《うち》に清冷《せいれい》たり
長楽《ちゃうらく》の歌の声は　鳳凰《ほうわう》の管《くわん》の裏《うち》に幽咽《いうえつ》す　　友の大梁《たいりゃう》に帰るを送るの賦《ふ》

新豊酒色　清冷於鸚鵡之盃中
長楽歌声　幽咽於鳳凰之管裏　　送友帰大梁賦

長楽宮で行なった送別の宴席の様子を詠んだものである。その時の歌は、かすかに咽んでいて、鳳凰の美しい声にも似た音色の笛と溶け合っている。「幽咽」の歌声は離別の哀傷の意を表しているのである。

かすかな音を形容するのには、この「幽」の字がよく用いられる。先に挙げた「幽音」「幽律」「幽響」「幽瑟」「幽韻」「幽琴」「幽吟」「幽潺」「幽哦」「幽声」などの表現の中、「樂の音」にかかわる文字と組み合わせる場合が多いようである。このうちの「幽音」は、白居易の『対琴待月』（巻五十六・2619）で用いられている。

竹院新晴夜。松窓未レ臥時。
共レ琴為二老伴一。與レ月有二秋期一。
玉軫臨レ風久。金波出レ霧遅。

竹院《ちくゐん》新《あらた》に晴《は》るる夜《よ》、松窓《しょうそう》未《いま》だ臥《ふ》せざる時《とき》。
琴《こと》と共に老伴《らうはん》となり、月《つき》と與《とも》に秋期《しうき》有り。
玉軫《ぎょくしん》風《かぜ》に臨《のぞ》むこと久《ひさ》し、金波《きんは》霧《きり》を出《い》づること遅《おそ》し

幽音待ニ清景一。唯是我心知。
幽音《ゆうおん》清景《せいけい》を待つ、唯《ただ》是《こ》れ我《わ》が心《こころ》に知《し》る。

詩人は友である琴に面して、月の現れを一心に待ち続けている。その理由は、琴の最も澄んだ音色――「幽音」が清い月夜に生じ、金色の光に乗って、かすかにはるか遠くまで澄み渡っていくからである。そして、この「幽音」はまた、詩人の心の響きでもあり、詩人の思いを遠くにいる親友に届ける力があると思われるからである。このかすかな「音」は、詩人の心底の深くに抱いた綿々とした願いや切実の思いを引き出す最適な響きである。

そのほか、衣を擣つ砧の音を表す「幽声」、蟲の鳴き声を表す「幽吟」を用いる詩句が『和漢朗詠集』に見られる。

350　年年別思驚秋雁　夜夜**幽**声到暁鶏　後中書王
年年《としどし》の別思《べつし》は秋の雁《かり》に驚《おどろ》く
夜夜《よよ》の**幽声**《いうせい》は暁の鶏《にはとり》に到《いた》る　後中書王

遠行の夫を思いながら、悲しみに堪えつつ徹夜で衣を擣つ妻の姿を描くものである。かすかな砧の音は物淋しい秋の夜すがら、悲愁のリズムを刻んで響いてくる。その一つ一つの音は妻の凄切の思いが凝縮されていて、秋の侘しい気配が一層漂っている。(註5)

もう一つ、「幽」は「吟」を修飾して、かすかなきりぎりすの鳴き声に関しても用いられる。

331　叢辺怨遠風聞**暗**　壁底吟幽月色**寒**　源順
叢《くさむら》の辺《ほとり》に怨《うら》み遠《とほ》くして風聞《ふうぶん》**暗**《ひそ》かなり
壁《かべ》の底《もと》に吟《ぎん》**幽**《かす》かにして月の色**寒**《さむ》し　源順

遠くの草むらのほとりにいる蟲の鳴く様子と、近くの壁の下にいる蟲の鳴く様子を対比して詠んでいる。秋を恨みがましく鳴いているきりぎりすが、風にまぎれてその声は間遠に聞こえる。壁の下で鳴くきりぎりすも、その声はかすかで、寒々とした月の光の下で一層悲しげに聞こえる。「幽」の字は「遠」と対応して、聞こえるか聞こえないかほんの僅かの音、しかもいかにもはかなげで頼りない鳴き声を表しているのである。

3　「暗」について

「暗」は『琵琶行』では、「尋レ声**暗**問弾者誰」と「別有二幽愁**暗**恨生一」の二句に表出されている。前者は、詩人がふと水上から琵琶の音が聞こえて、演奏者はだれかをひそかに尋ねる場面であるが、「暗」は声をひそめて尋ねる様子が描かれている。しかし、後者の「暗」は、心情的表現「恨み」を修飾して、悲しみの余り、音が一瞬に途絶える時に、ひそかに生まれた恨めしい心境が表されている。前者は、単に声を小さくすることを表していて、後者は心情が主になっている。即ち、後の琵琶女の身の上の悲しい話や、左遷された詩人の思いと照応すれば、この「**幽**愁**暗**恨」の一句は、辺りの幽寂な気配と一体になった、演奏者側にも、聴く側の作者の中にも、潜んでいる淋しい「心情」を表現しているのである。

このような用法は、『上陽白髪人』にも出ている。

秋夜長　　　　　　　秋夜《しゅうや》長《なが》し
夜長無寐天不レ明　　夜長《よるなが》くして寐《い》ぬる無く　天明《てんあ》けず
耿耿残燈背レ壁影　　耿耿《こうこう》たる残燈《ざんとう》　壁《かべ》に背《そむ》く影《かげ》
蕭蕭暗雨打レ窓声　　蕭　蕭《しょうしょう》たる暗雨《あんう》　窓《まど》を打《う》つ声《こえ》

この一節は、『和漢朗詠集』にも収められており、注の解釈によれば、「暗雨」は「暗夜に降る雨。古典文学会本「暗」に「ヨルノ」と付訓」という。秋の夜の侘しい気配が窓に打つ雨音によって漂っている。ここでも、「暗」は、やはり単に夜の雨を意味するだけではなく、静かに淋しい辺りの雰囲気、それを聴いている上陽人の不遇におかれた凄涼寒苦の心境を表現しているのである。

加えて、「ひそかに涙を流す」とき、「暗涙」があり、やはり女性の悲運や心底に潜んだ深い悲しみを描く表現としてよく用いられている。『和漢朗詠集』の七〇三、六九三番はそのような例である。

703　数行《すうかう》の**暗涙**《あんるい》は孤雲《こうん》の外《ほか》
一点《いってん》の愁眉《しうび》は落月《らくげつ》の辺《ほとり》　英明
数行暗涙孤雲外　一点愁眉落月辺　名明

693　灯《ともしび》暗うしては数行虞氏《すうかうぐし》の涙《なみだ》
夜深《よふ》けては四面楚歌《しめんそか》の声《こゑ》　橘相公
灯暗数行虞氏涙　夜深四面楚歌声　橘相公

七〇三番は、郷愁の涙にくれる王昭君の孤独の姿を詠んだものであって、六九三番は「暗」と「涙」がくっ付いていないが、虞美人が薄暗い灯火の中、ひそかに涙を幾筋も流した哀れの様子を描いている。

その一方、「暗」も、秋の蟲の淋しい鳴き声に関してよく用いられる。白居易の『何處難忘酒』（巻五十七・2759）では、「**暗声**啼蟋蟀、乾葉落梧桐」の二句があって、秋風に耐えがたい、ひそかに鳴くきりぎりすの弱々しい声を「暗声」と描いている。

そして、『和漢朗詠集』（秋虫）に出ている直幹《ちょくかん》が詠んだ、

330　山館《さんくわん》の雨の時《とき》鳴くこと自《おのづか》ら**暗か**《ひそ》なり
野亭《やてい》の風の処《ところ》織《お》ること猶《な》ほ**寒し**
山館雨時鳴自**暗**　野亭風処織猶**寒**

もそうである。深山のもの静かな家で、晩秋の雨中に鳴くきりぎりすの頼りなげな風景が呈されている。聴覚的

表現「暗」を触覚的表現「寒」と対のように捉えることによって、感覚的に秋の哀趣が表されているのである。

4　「悄」について

『大漢和辞典』における「悄」条では、主に二つの意味を挙げている。一つは、「うれへる。うれひにしづむ。〔説文〕悄、□也、从㆑心肖聲、詩曰、憂心悄悄」、の意であって、もう一つは、「しづか。〔字彙〕悄、静也」、の意である。白居易の『琵琶行』に出ている「東船西舫悄無㆑言」の一句が、後者の「しづか」の意の用例として挙げられている。すなわち、ここの「悄」は「静」の意と解しているのである。

ところで、一の部分で触れたような「小声」「ひそひそ話」「細く低い声で話をする」の意を表す【悄声】【悄声細語】【悄語】【悄語低声】などの一組があれば、逆に、まったく音が出ない、【悄寂】【悄手悄脚（児）】【悄無声息】などのような、「しんと静まりかえっている」「こっそりと音を立てないさま」「声を出さずに黙っているさま」の意味を表す一組がある。「かすか（な）」音・声を表すかどうかは、「悄」の一文字の意味で決着するというより、むしろその直後にある「悄」が修飾した部分によって判明することになっているのであろう。

また、たとえ小声を表す「悄声細語」にせよ、こっそりと行動する意を表す「悄手悄脚（児）」にせよ、「悄〜」はなるべく音・声を押さえようとする意識が強く働いているように思われるし、「しんとした静かさ」を表す「悄寂」などは延々と静寂している雰囲気を表しているのではなく、「賑やか」な雰囲気から急に「静か」な雰囲気に入るとき、あるいは先ほどまだ賑やかだったのに、いきなり音もなく声もない雰囲気に変った、といったニュアンスが大いに含まれているように思われる。

すると、『琵琶行』に戻ると、「東船西舫悄無㆑言」の一句は、まさに作者が感想を述べる「我聞㆓琵琶㆒已嘆息」とあるように、豊富で変化極まりの無い奏法やリズミカルな躍動を想像させる、琵琶女の絶妙な演奏に震撼され、一瞬に沈黙に陥る、辺りの観客の反応を描くものである。「悄」は「無言」とあわせて、さらにその直後にある「唯見江心秋月白」の一句とあわせて、もの淋しい、哀しい気配が漂う辺りの雰囲気が醸し出されている。
このような悲涼の表現効果が生じた理由は、一つは、琵琶女の身の上の話——得意の絶頂時代から転落して失意の今を訴える心境を託す強弱高揚の演奏によると考えられる。

自言本是京城女　家在㆓蝦蟇陵下㆒住
　自《みずか》ら言う本《もと》は是《こ》れ京城《けいじょう》の女《おんな》　家《いえ》は蝦蟇陵《がまりょう》下《か》に在《あ》りて住《す》む
十三学㆓得琵琶㆒成　名属㆓教坊第一部㆒
　十三《じゅうさん》にして　琵琶《びわ》を学《まな》び得《え》て成《な》り　名《な》は教坊《きょうぼう》の第一部《だいいちぶ》に属《ぞく》す
曲罷曾教㆓善才伏㆒　粧成毎被㆓秋娘妬㆒
　曲《きょく》罷《お》わりては曾《かつ》て善才《ぜんさい》をして伏《ふく》せしめ　粧《よそお》い成《な》りては毎《つね》に秋娘《しゅうじょう》に妬《ねた》まる
五陵年少争纏頭　一曲紅綃不㆑知㆑数
　五陵《ごりょう》の年少《ねんしょう》　争《あらそ》って纏頭《てんとう》し　一曲《いっきょく》に　紅綃《こうしょう》　数《かず》を知《し》らず
鈿頭雲篦撃節㆑砕　血色羅裙翻酒汙
　鈿頭《でんとう》の雲篦《うんぺい》は節《せつ》を撃《う》ちて砕《くだ》け　血色《けっしょく》の羅裙《らくん》は酒《さけ》を翻《ひるがえ》して汙《けが》る
今年歓笑復明年　秋月春風等閑度
　今年《こんねん》の歓笑《かんしょう》　復《ま》た明年《みょうねん》　秋月《しゅうげつ》　春風《しゅんぷう》　等閑《とうかん》に度《わた》る
弟走従㆑軍阿姨死　暮去朝来顔色故
　弟《おとうと》は走《はし》りて軍《ぐん》に従《したが》い　阿姨《あい》は死《し》し　暮《く》れ去《さ》り　朝《あした》来《き》たりて　顔色《がんしょく》故《ふ》る
門前冷落鞍馬稀　老大嫁作㆓商人婦㆒

門前冷落《もんぜんれいらく》して　鞍馬《あんば》は稀《まれ》に　老大嫁《ろうだいか》して　商人《しょうにん》の婦《つま》と作《な》る

商人重レ利軽二別離一　前月浮梁買レ茶去

商人《しょうにん》は利《り》を重《おも》んじて　別離《べつり》を軽《かろ》んじ　前月《ぜんげつ》　浮梁《ふりょう》に　茶《ちゃ》を買い去《さ》る

去來江口守二空船一　遶レ船月明江水寒

去《さ》りてより來《このかた》　江口《こうこう》に空船《くうせん》を守《まも》れば　船《ふね》を遶《めぐ》る月明《げつめい》に　江水《こうすい》寒《さむ》し

夜深忽夢少年事　夢啼粧涙紅闌干

夜深《よふ》けて忽《たちま》ち夢《ゆめ》みるは少年《しょうねん》の事　夢《ゆめ》に啼《な》けば粧涙《しょうるい》は紅《あか》くして闌干《らんかん》たり

華やかな全盛の時代は、琵琶を弾けば師匠に「善才」と感心させ、化粧して「杜秋娘」のような名妓に嫉妬される。貴公子たちは争って褒美をしてくれて、紅の薄絹は数え切れないほどあった。……贅沢な生活に慣れて、今年も来年も笑って楽しく暮らし、秋の月と春の風、なんとなくうかうかと見過ごした。

しかし、華やかな暮らしが過ぎ去った今は、弟は従軍、おばは死に、家族が居なくなる。日に日に自分の若さと美貌は衰えてしまうことにつれて、客が寄り付かなくなる。商人の夫は人間の悲しい別離の感情より、そろばん勘定のほうを優先して、女一人舟で留守番の身とならなければならない。明月の輝きを眺め、江の水が一層寒く感じる孤独の中、ただ若い頃の事を夢に見、涙が流れるだけである。

琵琶女が今昔を対比しながら、悲痛な辛苦に満ちた運命を告白しているように、その演奏には、彼女の凄涼の思いを再現していると思われる。

もう一つは、観客が悲しい生涯を語る琵琶女の演奏に感化されて、自らの失意におかれた境遇を深く思うことによるのであろう。

詩人白居易はその演奏、その語りを聞いた後、「同是天涯淪落人、相逢何必曾相識」と感嘆を発して、悲しみを分かち合える相手との出会いの貴重さを強調し、自らの不幸をも述べ続ける。

我従㆔去年辞㆓帝京㆒　謫居臥㆑病潯陽城
我《われ》　去年《きょねん》　帝京《ていけい》を辞《じ》して従《よ》り　謫居《たっきょ》して病《やまい》に臥《ふ》す潯陽城《じんようじょう》
潯陽地僻無㆓音楽㆒　終歳不㆑聞㆓糸竹声㆒
潯陽《じんよう》　地僻《ちへき》にして音楽《おんがく》無く　終歳《しゅうさい》　糸竹《しちく》の声《こえ》を聞《き》かず
住近㆓湓江㆒地低湿　黄蘆苦竹繞㆑宅生
住《す》まいは湓江《ぼんこう》に近《ちか》くして　地《ち》は低湿《ていしつ》　黄蘆《こうろ》　苦竹《くちく》　宅を繞《めぐ》りて生《しょう》ず
其間旦暮聞㆓何物㆒　杜鵑啼㆑血猿哀鳴
其《そ》の間《かん》　旦暮《たんぼ》　何物《なにもの》をか聞《き》く　杜鵑《とけん》は血《ち》に啼《な》き　猿《さる》は哀鳴《あいめい》す
春江花朝秋月夜　往往取㆑酒還独傾
春江《しゅんこう》の花《はな》の朝《あした》　秋月《しゅうげつ》の夜《よる》　往往《おうおう》　酒《さけ》を取《と》りて　還《ま》た独《ひと》り傾《かたむ》く
豈無㆓山歌与村笛㆒　嘔唖嘲哳難㆑為㆑聴
豈《あ》に山歌《さんか》と村笛《そんてき》と無《な》からんや　嘔唖《おうあ》　嘲哳《ちょうせつ》　聴《き》くを為《な》し難《がた》し
今夜聞㆓君琵琶語㆒　如㆑聴㆓仙楽㆒耳暫明
今夜君《こんやきみ》が琵琶の語《ご》を聞《き》く　仙楽《せんがく》を聴《き》くが如く　耳暫《みみしば》らく明《あき》らかなり
莫㆑辞更坐弾㆓一曲㆒　為㆑君翻作㆓琵琶行㆒
辞《じ》す莫《な》かれ　更《さら》に坐《ざ》して一曲《いっきょく》を弾《ひ》くことを、君《きみ》が為《ため》に翻《ひるがえ》して琵琶の行《うた》を作《つく》らん

長安都を離れ、この潯陽の町に左遷されて一年余りの間、僻地で、音楽らしいものを聞く機会がない。明け暮れに見るのは、家のまわりに生えている黄色い葦と苦竹、聞くのは、血を吐いて鳴く杜鵑と悲しげに鳴く猿の声。

時には「山歌」や「村笛」を耳にするが、わけもわからない、聞くに堪えられない。作者は慣れ難い厳しい環境、言葉も通じない孤独の心境を語っている。それ故、今晩の琵琶の音が「仙楽」のように聞こえ、感無量であると感動しているのである。

このように、演奏者側と観客側の自叙伝を合わせて考えると、「東船西舫悄無レ言」は文章の前半と後半を繋ぐ重要な一句であることが明らかである。そして、この「悄」の一字は後の「無言」「唯見江心秋月白」とあわせて、躍動感のある演奏が終了した直後の、静かな雰囲気を表しているだけではなく、琵琶女の愁いが満ちるメロディーに震撼され、思わぬ自分の不本意の境遇が相照らされ、深い思いに陥る、演奏者に通じる観客の気持ちが反映されているのである。

おわりに

本章は、白居易の名作『琵琶行』詩に表出した「切切」「幽（咽）」「暗」「悄」を中心に、漢籍における「かすか（な）」音・声に関する表現について考察してみた。前節で論じた『枕草子』における「しのびやか（に・な）」の用い方と比べて、同じく「かすか（な）」音・声について、または音・声を小さく低く押さえて行動する意味を表しているが、言葉に託した価値観が異なっている。すなわち、周りのもの淋しい雰囲気、またそれと一体になった、作中人物や蟲などの生き物の哀しい心情を表現するという一特徴が、見えてきたのである。そして、韻文であるゆえ、この特徴が形成した理由は、決してそれぞれの一語彙の単独の力を発揮したからではなく、前後文章の影響関係や、豊富な比喩表現の運用などによって、生じた表現効果であると思われる。具体的にいうと、「切切」は細く低い、せっぱ詰まったような音・声に関してよく用いられ、『琵琶行』では、「私語」に喩えられることによって、小刻みに速く演奏するイメージが現れてくる。そして、「凄切」という表現があるように、秋の蟲の鳴き声に関して用いる場合、淋しい秋の気配や蟲の憐れの心情を表している。

「幽（咽）」は、かすかなむせび泣く声を表し、『琵琶行』では、泉の流れるような「幽咽」のメロディーが、琵琶女の心底に潜んだ悲しみの現れである。「かすか（な）」の意を表す「幽」という字は、また「音」・「声」・「吟」等と組み合わせ、例えば、琴の音色を表す「幽音」（白居易『対琴待月』）は月夜に生じ、遠くの親友に思いを伝える最適な響きであると思われる。「幽声」は衣を擣つかすかな砧の音を表す場合、秋の淋しい気配と、それに凝縮した遠行の夫を案じる妻の凄切の思いを表している。そして「幽」は「吟」を修飾して、秋の蟲の淋しい鳴き声を表現するのである。

「暗」は「ひそかに」の意を持ち、『琵琶行』では、琵琶の演奏者はだれかを声をひそめて尋ねる「尋レ声暗問弾者誰」と、かすかに咽び泣くような悲しいメロディーが一瞬にとまった時に生じた心情描写「別有二幽愁暗恨生一」に出ている。特に後者は幽寂の気配と合わせた、深い愁いが満ちた響きに感化された演奏者と観客の「心情」変化を表現している。

「悄」は、「声」「語」「説」とあわせると、「小声」「ひそひそ話」の意を表しているが、逆に「静」「寂」などとあわせると、「しんと静まりかえっている」の意を表すことになる。『琵琶行』では、「無言」を修飾して、さらにその後の「唯見江心秋月白」一句と共に、琵琶女の絶妙な演奏が終了した直後の、しんとした辺りの凄涼の情景を描いている。この描写には、琵琶女の悲しい生涯を語るような演奏に震撼され、言葉が出ない中、思わぬ自分の不本意の境遇が相照らされ、深い思いに陥る、演奏者に通じる観客の気持ちが反映されていると思われる。

注

（1）中国社会科学院言語研究所詞典編輯室編『現代漢語詞典』（商務印書館出版　一九七八年十二月）

（2）大東文化大学中国語大辞典編纂室編『中国語大辞典（上・下）』（角川書店　一九九四年三月）

（3）西村冨美子著『鑑賞中国の古典　第18巻　白楽天』（角川書店　一九八八年）

（4）訓み方は佐久節著『白楽天全詩集』による。以下の『対琴待月』『上陽白髪人』も同じ。

（5）この部分についての理解は、増田欣「擣衣の詩歌――その題材史的考察――」（『富山大学教育学部紀要』第15号　昭和四十二年三月）に参考させて頂く。

第Ⅲ部　定子サロンと漢詩文

第一章　清少納言の「答」

――「自讃談」にかかわる章段を中心にして――

はじめに

雪のいと高う降りたるを、例《れい》ならず御格子《みかうし》まゐりて、炭櫃《すびつ》に火おこして、物語などしてあつまりさぶらふに、「少納言よ。香炉峰《かうろほう》の雪いかならむ」と仰せらるれば、御格子上げさせて、御簾《みす》を高く上げたれば、笑はせたまふ。人々も「さる事は知り、歌などにさへうたへど、思ひこそよらざりつれ。なほこの宮の人にはさべきなめり」と言ふ。

（二八〇段「雪のいと高う降りたるを」　四三三頁）

周知のように、右記は、中宮定子の「問」「香炉峰《かうろほう》の雪いかならむ」を受けた清少納言が、即座に白居易の詩句「香炉峰ノ雪ハ簾を撥（カカ）ゲテ看ル」の後半に反応し、行動で中宮の「御簾を上げよ」の意向を表したことによって、主人との意思を通じ合わせた名場面である。情趣や知性が溢れる中宮定子サロンの一斑がうかがえ、『枕草子』の代表段である。

この段のみならず、『枕草子』では作者が当時の一流の文人から「問」を受け、当意即妙に「答」したことで評判になり、所謂「自讃談」の内容が多々捉えられている。本節は、漢詩文にかかわる「自讃談」の章段を眺めて、それぞれの話を通観して、章段の構成としてはどのような特徴があるか、清女の「答」が評判になった理由は何か、について考えてみたい。

一　「自讃談」にかかわる章段の構成

ここでは、七八段「頭中将のすずろなるそら言を聞きて」、一〇一段「殿上より」、一〇二段「二月つごもりごろに、風いたう吹きて」、一三〇段「頭弁の、職にまゐりたまひて」、一三一段「五月ばかり、月もなういと暗きに」、と「はじめに」に挙げた二八〇段「雪のいと高う降りたるを、例ならず御格子まゐりて」、の六つの章段を取り上げ、それぞれの話の展開を見つめてみたい。

七八段「頭中将のすずろなるそら言を聞きて」は、作者と頭中将斉信の仲が悪くなっている、という前提をもって話が始まる。その仲が悪くなった理由、即ち「すずろなるそらごと」の内容については、稲賀敬二氏の推測（注1）によれば、斉信は好きな女性（清女）が自分のことではなくて、陸奥に赴任した実方と、また行成とは仲が良いとの噂を耳にして、腹立って清女と絶交した。以来、清女に会うたびに、「黒戸の前などわたるにも、声などするをりは、袖をふたぎてつゆ見おこせず、いみじうにくみたまへば、ともかうも言はず、見も入れで過ぐすに」と疎遠しようとした、ということである。

しかし、そうでありながら、斉信はますます物足りない気がする。「二月つごもり方、いみじう雨降りてつれづれなるに、御物忌に籠りて」の時に、遂に「『さすがにさうざうしくこそあれ。物や言ひやらまし』となむのたまふ」。清女には、人を通して、斉信のたいへん侘しくて、何かいってやろうかといった動きがすでに耳に入っていた。噂のとおり、彼女の元に、白居易の詩句「蘭省花時錦帳下」が書いてある斉信からの手紙が送られてきた。宮中にしかない、豪華絢爛な場面々々を凝縮した一文である。この華やかな内容に即して、斎信は「青き薄様に、いと清げに書きたまへり」という。

それを読んだ清女は、「御前おはしまさば、御覧ぜさすべきを、これが末を知り顔に、たどたどしき真名書きたらむもいと見苦し」と思ひまはすほどもなく、責めまどはせば、ただその奥に炭櫃に、消え炭のあるして、「草の庵をたれかたづねむ」と書きつけて取らせつれど」、中宮様がお休みになっており、御覧になれないので、不安を抱きながらも返した。ところで、彼女は、新たな紙を使わず、斉信が送ってきた「青き薄様」の紙のままに消し炭で、看難いと思いながら書き上げたのである。

清女の「答」に対する斉信とそのまわりの殿上人たちの反応は、

ありつる文なれば、返してけるかとてうち見たるに、あはせてをめけば、『あやし、いかなる事ぞ』と、みな寄りて見るに、『いみじき盗人を。なほえこそ思ひ捨つまじけれ』とて、みさわぎて、『これが本つけてやらむ。源中将つけよ』など、夜ふくるまでつけわづらひてやみにし事は、行く先も、語りつたふべき事なりなどなむみな定めし」など、

（七八段「頭中将のすずろなるそら言を聞きて」一三七頁）

とあることを源中将の来訪によって知られた。まず、斉信は手紙がそのまま返ってきてしまったことに驚いた。内容を読んだ後、「やはり思い捨て切れない人」だと詠嘆し、源中将に上句をつけようとさせた。が、なかなか付けられずあきらめてしまう結果となったのである。

立派な「答」であったことは、二番目の来訪者、清女の夫の一人である修理の亮則光によっても同じく伝えられた。

そこらの人のほめ感じて、『せうとこち来。これ聞け』とのたまひしかば、下心地はいとうれしけれど」、「これは、身のため人のためにも、いみじきよろこびにはべらずや。司召に少々の司得てはべらむは、何ともおぼゆまじくなむ、（同右　一三九頁）

と光栄に思い、感激のあまりに言っている。

最後に、この「名答」は、一条天皇がお聞きになって、殿上人たちにこの句を扇に書かせるほど褒められたし、今回のやり取りによって、斉信との仲が回復したのである。

一〇一段「殿上より」は、作者が中宮定子のお供をして、黒戸に集まってきた殿上人たちとの会話を描いたものである。ある殿上人が殿上の間から花がすっかり散ってしまった梅の枝を持って、「如何御覧になりますか」と言う「試問」を受けた清女は、大江維時の漢詩の一部「早く落ちぬ」を引いて、和歌的に「早く落ちにけり」に直して答えている。殿上人たちが喜んで元の漢詩を誦じたりする。それをお聞きになった一条天皇もお褒めの言葉をかけられたのである。

一〇二段「二月つごもりごろに、風いたう吹きて」では、作者と宰相殿藤原公任とのやり取りを捉えている。陰暦二月の末頃に、風がひどく吹いて、空がとても黒くて、雪がすこし降り散っている日に、清少納言の元に藤原公任から「すこし春ある心地こそすれ」と書いてある手紙が来ている。今日の天空に相応しい句だと思いながらも彼女は悩んだ末、「空寒み花にまがへて散る雪に」と上句を付けて返している。この返事は評判になって、俊賢《としかた》の宰相などが彼女を内侍に任ずることを天皇様に奏上しようとすることもあったほどである。

一三〇段「頭弁の、職にまゐりたまひて」は、作者と頭弁藤原行成の間に行った、『史記』に記載した孟嘗君の故事をふまえながら展開した、二人の恋歌の贈答に関する話である。夜深くなっても、話の余興がまだ尽きない行成は明日清涼殿で籠もることがあるため、やむを得ず帰らなければならない。翌朝、「今日は残りおほかる心地なむする。夜をとほして、昔物語も聞こえ明かさむとせしを、鶏の声にもよほされてなむ」の手紙を清女に送っている。これは孟嘗君の故事を言っていると、清女は反応してすぐ返事をした。が、行成は「『孟嘗君の鶏は函谷関をひらきて、三千の客わづかに去れり』とあれども、これは逢坂の関なり」とさらに注文を加えた。恋の話なら、「夜をこめて鳥のそら音ははかるとも世に逢坂の関は許さじ」と清女は詠み、しっかりとした関守が番をしますからと付け加えて申し上げた。また返事が来た。「逢坂は人越えやすき関なれば鳥鳴かぬにもあけて待つとか」という返歌である。清女は返事をせず贈答がこれで終わってしまった。

その後、行成は清女の手紙を殿上人たちに見せて、清女本人の前にも「かく、物を思ひ知りて言ふが、なほ人には似ずおほゆる。『思ひ隈《ぐま》なく、あしうしたり』など、例の女のやうにや言はむとこそ思ひつれ」と褒めたりした。さらにその後、経房の中将がいらして、行成が清女をひどく褒めたことをまた打ち明けた。

一三一段「五月ばかり、月もなういと暗きに」では、「竹」に関する「試問」を受けて、即座に竹の異名でもって答えたことが語られている。五月闇のある日、頭弁藤原行成、式部卿宮の源中将・源頼定、他の六位など殿上人たちは中宮様がお住みになる職曹司にきて、「女房たちはいらっしゃいますか」と声々をかけている。定子様が「出てみてごらん。いつになく騒がしく言うのは、誰かしら」と仰ったので、清少納言は端に出て、「誰ですか。夜なのに大きな声を出して」というと、返事はなく、ただ一本の呉竹が簾の内に差し入れている。それをみた彼女は思わず「まあ、『この君』ですよね」と言い出している。それを聞いた殿上人たちはたいへん驚いて、頭弁藤原行成以外の人々は殿上の間に逃げてしまった。残った頭弁藤原行成は今晩来た目的を打ち明けた。

「（前略）御前の竹を折りて、歌よまむとてしつるを、『同じくは、職にまゐりて、女房など呼び出できこえ

表・清少納言と殿上人の応答

	当日の情景設定	作者側の出題に対しての返答		出題側の賛辞・打ち明け		天皇・中宮様のお褒め言葉
		出題内容	作者の返答	人物1の評価	人物2の評価	
78段	二月つごもり方、いみじう雨降りてつれづれなるに、	(頭中将)「蘭省花時錦帳下」と書きて、「末はいかに」とあるを、	「草の庵を誰かたづねむ」と書きつけて取らせつれど、	(源中将)「今は御名をば、草の庵となむつけたる」とて、	(修理亮則光)「…これは、身のため人のためにも、いみじきよろこびにはべらずや。司召に少々の司得てはべらむは、何ともおぼゆまじくなむ」と言へば、	上笑はせたまひて、語りきこえさせたまひて、「男どもみな扇に書きつけてなむ持たる」など仰せらるるにこそ、あさましう、何の言はせけるにかとおぼえしか。
101段		殿上より、梅の花散りたる枝を、「これはいかが」と言ひたるに、	ただ、「早く落ちにけり」といらへたれば、その詩を誦じて、	殿上人黒戸にいとおほくゐたる、		上の御前に聞しめして、「よろしき歌などよみて出だしたらむよりは、かかる事はまさりたりかし。よくいらへたる」と仰せられき。
102段	二月つごもりごろに、風いたう吹きて、空いみじう黒きに、雪すこしうち散りたるほど、	(公任の宰相殿)「すこし春ある心地こそすれ」とあるは、げに今日のけしき、いとようあひたる、これが本はいかでかつくべからむと思ひわづらひぬ。	「空寒み花にまがへて散る雪に」と、わななくわななく書きて取らせて、いかに思ふらむと、わびし。	(左兵衛督の中将)「俊賢の宰相など、『なほ内侍に奏してなさむ』となむ定めたまひし」とばかりぞ、		

130段	131段	280段
…夜いたうふけぬ。（頭弁）「明日御物忌なるに籠るべければ、丑になりなばあしかりなむ」とてまゐりたまひぬ。	五月ばかり、月もなういと暗きに、	雪のいと高う降りたるを、例ならず御格子まゐりて、炭櫃に火おこして、物語などしてあつまりさぶらふに、
（頭弁1）「今日は、残りおほかる心地なむする。夜をとほして、昔物語も聞え明かさむとせしを、鶏の声にもよほされてなむ」と（頭弁2）…これは逢坂の関なり（頭弁3）「逢坂は人越えやすき関なれば鳥鳴かぬにもあけて待つとか」と	物は言はで、御簾をもたげて、そよろとさし入るる、呉竹なりけり。	（中宮様）「少納言よ。香炉峰の雪いかならむ」と仰せらるれば、
（返答1）「いと夜深くはべりける鳥の声は、孟嘗君のにや」と（返答2）「夜をこめて鳥のそら音にはかるとも世に逢坂の関はゆるさじ　心かしこき関守侍り」と聞ゆ。	「おい。この君にこそ」と	（清少納言）御格子上げさせて、御簾を高く上げたれば、
（頭弁）「その文は、殿上人みな見てしは」	（頭弁）御前の竹を折りて、歌詠まむとてしつるを、『同じくは、職にまゐりて、女房など呼び出できこえて』と持て来つるに、	
（経房の中将）「頭弁はいみじうほめたまふとは知りたりや。一日の文に、ありし事など語りたまふ。思ふ人の、人にほめらるるは、いみじううれしき」など、		
	…上も聞しめして、興ぜさせおはしましつ」と語る。…この事を啓したりければ、下なるを召して、「さる事やありし」と問はせたまへば、…うちゑませたまへり。	笑はせたまふ。

て』と持て来つるに、呉竹の名を、いととく言われていぬるこそいとほしけれ。誰が教へを聞きて、人のなべて知るべうもあらぬ事をば言ふぞ」などのたまへば、（一三一段「五月ばかり、月もなういと暗きに」二四七頁）

即ち、殿上人たちが清涼殿の前にある呉竹を折って、和歌を詠もうとしたのだが、ある人は同じことなら、職の御曹司に参上して、女房たちを呼び出して詠もうかと提案して竹を持ってきたのに、呉竹の異名を素早く言われて、あの人たちが退散してしまって、実に気の毒だ。誰の教えを聞いて、普通、人が知りそうもないことを言うかと感心したのである。

清少納言の「名答」について、殿上の間に逃げた殿上人たちが大きい声でわいわい評判していたので、一条天皇もお聞きになって面白がっていらっしゃる。その翌朝、とても早く少納言の命婦が一条天皇からのお手紙を中宮様のところに持参した時に、ついでにこのことを申し上げたので、中宮定子もたいへん喜んで、清少納言を呼んできて確認されながら、にっこり微笑んでいらっしゃるのである。

これらの「自讃談」の段を眺めて、清女のそれを練る構想がうかがえる。大枠として前の頁にまとめた図表のように、大抵「当日の情景設定」、「作者側の出題に対しての返答」、「出題側の賛辞・打明け」、「天皇・中宮様のお褒め言葉」という四つの部分によって構成されている。そのうちに、「当日の情景設定」は出題の内容と密接なつながりを持っている。つまりその出題は「情景設定」とした前提とかみ合わなければならない。その課題に対して清女は悩みに悩んだ末返事を出したが、予想外に評判になった。この評判になった消息は大抵人物1、多くの場合人物2が登場して、出題側の一部始終、出題の目的や賛辞を打ち明ける。さらに、その賛辞は殿上人の範囲のみに止まらず、天皇・中宮様がお聞きになって、お褒め言葉もなさる、というプロセスである。注意しなければならないのは清女の「答」は必然的に殿上人、さらに天皇・中宮様のお耳に届くことである。

すると、清女の「答」にはどのような特徴がうかがえるであろうか。次に、「草の庵を誰かたづねむ」（七八段）、「早く落ちにけり」（一〇一段）、「空寒み花にまがへて散る雪に」（一〇二段）、という三つの「答」を中心にして考えてみたい。

二　「草の庵を誰かたづねむ」（七八段）

この段は、清女と頭中将藤原斉信との仲が悪くなった実態——贈答以前の頭中将の思案、手紙を受けた作者側の対応、源中将①と修理亮則光②の口による清女の「答」を読んだ藤原斉信側の反応、後日の天皇・中宮に褒め称えられた結末という四つの部分からなっており、まさに「自賛談」の典型的なパターンを有する章段である。

清女の「答」「草の庵を誰か訪ねむ」について、早い時期に、池田亀鑑氏（注2）は、「清少納言は先行する公任の下句を転用した」と述べている。即ち、清女は『公任集』における公任と藤原挙直との贈答歌、

いかなるをりにか

とのたまひければ、いる人、たかただ

ここのへの花の宮こをおきながら

四二　草のいほりをたれかたづねむ

を引いている、ということである。

小森潔氏は、岡田潔氏の、清女の返事は「答」でありながら同時に新たな「問」になっている（注3）との説をふまえて、清女が「自分自身を草庵にいるものになぞらえ」、「逆に自己の寂寥を訴えるという体裁になっている」

が、「「問う／答える」という関係性そのものを逆転させることによって、斉信の論理に同化することから免れている」、そして「この句が新たな問となりながらも答を拒否している」（注4）、と分析している。

古瀬雅義氏は、「斉信の思惑通りに『和漢朗詠集』にも採られた頷聯に限定された中での末句で返したならば、その返り事を以てこのやりとりは終了したであろうが、和歌の下句で返したことから、頷聯に限定された土俵を、『白氏文集』当該律詩全体に拡張することができる。この延長線上には、当初に斉信が排除した第五句「終身膠漆心応在」の復活を考えてよい」、絶交状態にまで進んだ斉信に対してのたしなめであると述べている。（注5）

というように、清女の「答」については、さまざまな議論が行なわれてきたが、疑問は、漢詩文の下句がわかった上で、あえて和歌にアレンジして答えようとした点ではないであろうか。さらに進んで、「香炉峰《かうろほう》の雪いかならむ」を受けて、行動で「簾を撥（カカ）ゲテ看ル」と答えた清女は、この段においても、きっと何かの独倶匠新の表現を披露しようとしたのではないかとも思われる。

周知のように、「蘭省花時錦帳下、廬山夜雨草庵中」は『白氏文集』の巻十七1079「廬山草堂夜雨獨宿　寄牛二・李七・庾三十二員外」（注6）の第三、四句であって、また公任編『和漢朗詠集』の五五五番で、その巻下「山家」にも入れている。さらに、『千載佳句　下』（注7）には、同じ白居易のこの詩の結句「栄枯事過都成夢、憂喜心忘便是禅」が「禅観」部に収められている。すると、逆境にいるわが身をうたう一方、達悟の境を表しているこの詩は、名作として当時愛読され、朗詠されていたことは明白である。このような背景を担って、清女もこの詩を内容的に理解していると推定できる。そうであれば、なぜ自分が分かり切った第四句「廬山夜雨草庵中」をそのままに書かず、和歌の形を取ったのだろうか。次には、白詩と比較して考えてみたい。

白詩は結論としては「栄枯は一照にして二つながら空と成る」という達観の心境を述べている。一度尚書省の高官に任ぜられた白居易としては、心が長安から離れることは現実的に不可能であったろう。身は江州廬山の麓に左遷されているが、心は常に長安に向いている。この点は、三君子との境遇の対比、題目「牛二・李七・庾三十二員外に寄す」に託した都への思いから一見することができよう。また、清少納言を「蘭省花時錦帳下」に、自分を「廬山夜雨草庵中」に喩えている斉信は、清少納言への変らぬ思い、一日も早く関係を修復したい、清女を尋ねたい意志を伝えようとする気持ちが白詩と通じているように思われる。

しかし、清少納言の「答」「草の庵を誰かたづねむ」は、女性の立場で、相手のことをも思っている自分の気持ちを「草の庵」に託していると同時に、「誰かたづねむ」を付け加えたことによって、和歌的に展開し、自らの気持ちを率直に表白している。離れた場所に惨めな暮らしを送り、誰かの訪れを待つ。和歌の世界のイメージに転換している。『伊勢物語』にある「筒井筒」、「年の三年を待ちわびて」などの話はその典型的な例であろう。

また、業平には女性の待つ苦しさを詠んだ歌もある。

紀利貞《きのとしさだ》が阿波介《あはのすけ》にまかりける時に、むまのはなむけせむとて、
「今日」と言ひ送れりける時に、ここかしこにまかり歩《あり》きて
夜ふくるまで見えざりければ、遣はしける　　業平朝臣

九六九　いまぞ知る苦しきものと人待たむ　里をば離《か》れず訪《と》ふべかりけり

（『古今和歌集』巻第十八　雑歌下　九六九番）（注8）

さらに例を挙げれば、『拾遺和歌集』の七七五番、『後撰和歌集』の一八五番、一〇〇七番、一〇四九番も、同じ趣旨を詠んだものであろう。

七七五　今更にとふべき人も思ほえず八重葎《やへむぐら》して門させりてへ
五月長雨《ながめ》のころ、ひさしく絶え侍にける女の

（『拾遺和歌集』）（注9）

許にまかりたりければ、女

一八五　つれづれとながむる空の郭公とふにつけてぞ音はなかれける

題知らず

一〇〇七　とふやとて杉なき宿に来にけれど恋しきことぞしるべなりける

男の久しうとはざりければ　右近

一〇四九　とふことを待つに月日はこゆる木の磯にや出でて今はうらみん

（『後撰和歌集』）（注10）

確かに、「この場面で、「女房＝女性＝和歌／殿上人＝男性＝漢詩文」という枠組みを仮構し、その上で、清少納言自身をその〈女性性〉の中に封じ込めているのである」（注11）と考えられるが、「誰かたづねむ」という和歌的な表現によって、女性としての個人の立場から、誤解した斉信に対する清女の変わらぬ気持ち、また一日も早く彼の訪れを実現したい気持ちが無邪気に伝わってきたと思われる。だから最後に「げにあまたしてさる事あらむとも知らで、ねたうもあるべかりけるかなと、これらなむ胸つぶれておぼゆる」と、言い表しているのであろう。

いうまでもなく、清女の応答は、また中宮サロンの一員としての返事でもある。「いかにかはすべからむ。御前おはしまさば、御覧ぜさすべきを、これが末を知り顔に、たどたどしき真名書きたらむもいと見苦し」と思ったように、随分悩んでいる。中宮サロンの一員、定子の女房として、中宮がいらっしゃらなくても、個人と集団をいかに反映するかは、清女にとってさらなる重要なテーマであり、表現の仕方を工夫する理由でもある。

繰り返しになるが、贈答の過程は、まず、藤原斉信からは華麗な「青き薄様」の紙に美しく書いた「蘭省花時錦帳下」が、清少納言に送られてきたこと。意味としては、「蘭省」のような宮中に中宮を囲む華やかな日々を過ごす清少納言の暮らしぶりに喩えている。暗に、相手のいない雨の夜を独りで侘しく過ごさなければならない自分のことは、まさにその次の「廬山夜雨草庵中」で言い表そうとしている。この点は、冒頭の部分、「二月つごもり方、いみじう雨降りてつれづれなるに、御物忌に籠りて、「さすがにさうざうしくこそあれ。物や言ひやらまし」となむのたまふ」のと照応している。

その一方、手紙を受け取った清女は、白詩の第四句「廬山夜雨草庵中」をそのままに返しては見苦しいことだと思い、やはりその「青き薄様」の手紙に消炭で「草の庵を誰かたづねむ」と書きつけ、自分を取り巻く周囲は華やかであるが、あなたに無視された自分は孤独で寂しいですよと、個人としての斉信と自分の立場を逆転させているのである。

となれば、清少納言の「答」は、白詩をちゃんと理解している側面を表しているし、と同時に独自に白詩を発展させている一面が納得できる。すなわち、白楽天の「蘭省花時錦帳下、廬山夜雨草庵中」の、前句は、朝廷にいる三君子の今の華やかな様子とかつて白楽天自身の一度輝いた様子を重ねて表しているのに対して、後句は、絢爛の一瞬が過ぎ去った今の侘しい境遇にいる自分自身のことを訴えている。蘭省←→廬山、花時←→夜雨、錦帳←→草庵。一方は宮中〈長安〉にあって錦の帳の下で華麗な生活をしていることであって、他方は都から離れて、江州に左遷された身で、廬山〈九江〉の草堂の中、夜の雨音を聞きながら都を思い出しているのである。距離的に離れている居場所によって、それぞれの境遇の違いを言い表そうとしているのである。

斉信は白詩のこの点を踏まえて、清少納言と絶交した自分がまるで「廬山夜雨草庵中（＝斉信）」の境遇にいるように、距離的には離れているが、心理的に「蘭省花時錦帳下（＝清少納言）」にいる貴女のことを絶えず思っている意を伝えているのである。

しかし、清女は、相手斉信の言い分を認めた上で、「草の庵」を用いて自分自身の思いを見事に加えている。すなわち、自分が所属している中宮定子の後宮は確かに「蘭省花時錦帳下」のように、華麗であるが、あなたに無視された自分、なおかつ中宮様がいらっしゃらない今の自分は、その中にいながら、まるで「廬山夜雨草庵中」にいるように、訪れる人もいなければ寂しいものですよと応じている。二つの離れている場所によって象徴されている、対比的な〈個人（＝斉信）と個人（＝清女）〉の関係を〈集団（＝中宮サロン）と個人（＝清女）〉の関係に進展させているのである。図式で表現すれば次のようである。

藤原斉信の贈歌

廬山夜雨草庵中（斉信自身）

蘭省花時錦帳下（斉信が思った清女の状況）

清少納言の返歌

蘭省花時錦帳下

草の庵を誰か訪ねむ

消え炭

言い換えれば、白詩、および白詩をそのままに受けた斉信が〈点（＝斉信）と点（＝清女）〉の関係で詠んでいるとしたら、清少納言はそれを絶妙に自分の状況〈＝点〉をさす「蘭省花時錦帳下」を面〈＝中宮サロン〉にして、自分自身をその面の中に存在する点として「草の庵を誰かたづねむ」に詠み込んだのである。すなわち、〈面

(=中宮サロン)と点(=清女)〉の関係に変えている。改めて中宮サロンの絢爛さと、清女にとっての中宮サロンの重要な位置を明白にさせたのである。それ故、本の手紙をそのままに返してきたのを見た斉信は、思わず「いみじき盗人を。なほえこそ思ひ捨つまじけれ」と詠嘆したわけであり、翌朝、源中将が清女に「ここに草の庵やある」と呼び、後ほどに、天皇・中宮に高く評価された理由でもある。

このように、清少納言の〈答〉は、個人として斉信の訪れを望んでいる体を表し、さらに、中宮サロンの立場として殿上人たちの訪れを切実に待ち続ける意味も託しているのである。

例えば、長徳三年(九九七)の記事では、殿上人たちが中宮サロンを絶えず訪れることを記している。

(前略)有明のいみじう霧りわたりたる庭に下りてありくを聞しめして、御前にも起きさせたまへり。うへなる人々の限りは出でゐ、下りなどして遊ぶに、やうやう明けもて行く。「左衛門の陣にまかり見む」とて行けば、我も我もと問ひつぎて行くに、殿上人あまた声して、「なにがし一声秋」と誦してまゐる音すれば、逃げ入り、物など言ふ。「月を見たまひけり」などめでて歌よむもあり。夜も昼も殿上人の絶ゆるをりなし。上達部までまゐりたまふに、おぼろけにいそぐ事なきは、かならずまゐりたまふ。

(七四段「職の御曹司におはしますころ、木立などの」一三一頁)

彼女の意識は一時も自分の所属している集団から離れていない。「答」を「誰かたづねむ」に和歌的に転換したことによって、個人的、または女性的な立場で、斉信との仲直りを隠さず表白している。さらに通常と異なって、送ってきた「青き薄様」の手紙にそのままに消し炭で返り事を書くという表現の仕方によって、中宮サロンと自分の関係、さらに中宮の女房としての自覚の上でのアピールをしているし、殿上人たちの訪れを期待する気持ちが巧妙に伝わっているのである。この点は、まさに野口元大氏が指摘したように、「（前略）彼女の漢才も〝女としては〟という前提の上でのものであったことは否めない」、「彼女の天才は先行作品をどれだけ多く知っていたかにかかるのではなく、それを如何に生かすかにあったわけであり、その点ではやはり当代随一の才女であったとさしつかえあるまい」（注12）ということであろう。

それ故、彼女の〈答〉「草の庵を誰か訪ねむ」では、表面上は斉信との個人的なやりとりのようであるが、内実は、中宮サロンの利益に密接し、尚且つ女房の使命を果たした「答」であると言えよう。

三　「早く落ちにけり」（一〇一段）

清少納言が中宮のお供をした時、殿上の間から花がすっかり散ってしまった梅の枝を殿上人が手に持って、黒戸に集まってきた。「これ（梅の枝）はいかが御覧になりますか」と言ったことに対して、彼女は大江維時《おおえのこれとき》の漢詩「大庾嶺之梅早落　誰問粉粧　匡廬山之杏未開　豈趁紅艶（大庾嶺の梅は早く落ちぬ　誰か粉粧《ふんさう》を問はん　匡廬山の杏《からもも》は未だ開《ひら》けず　豈《あ》に紅艶《こうえん》を趁《と》めんや）」（注13）の一部「早く落ちぬ」を引いて、「早く落ちにけり」と和歌で応酬している。それを聞いた殿上人たちが原詩を誦じたりして、一条天皇にも褒められているである。

そもそも、中国の詩人たちには春の到来を意味する「一枝の梅」を送り、友人への思いを表す風習があった。五世紀、劉宋の陸凱の『贈范曄』（注14）を例にすれば、

折梅逢驛使　　梅を折って　驛使に逢ひ
寄與隴頭人　　隴頭の人に寄與す
江南無所有　　江南　有る所無し

聊贈一枝春　　聊か贈る　一枝の春

というのがある。梅の花を意味する「一枝春」の言葉が見事に造られ、春の訪れを友人に届けたい詩人の気持ちが清新に表されている。

清少納言が和歌ではなく、即座に大江維時（江納言）の漢詩の一部分を用いて返したことはやはり右に記したような漢詩文における風習があったことを彼女が把握しているのであろう。

元になる大江維時（江納言）の漢詩は、『日本紀略』（注15）によれば、醍醐天皇の延長七年（九二九）正月二十一日、内宴「停盃看柳色」の序で詠んだものであり、『和歌朗詠集』では、巻上の「春・柳」の部立てに入れている。意味としては、「大庾嶺の梅花はすでに散ってしまった。だから白粉でよそおいを凝らしたような花を見る者は誰もいない。匡廬山の杏はまだ咲いていない。だから紅のあでやかな美しさを訪ねようもない。今はただ柳の緑をめでるだけでよいではないか」（注16）ということである。

清少納言は大江維時（江納言）の漢詩の本意、即ち〈柳を鑑賞する〉主題に束縛されず、目前にある情景に相応しい、内容的に直接に関わる部分のみを取り上げ、すでに「花が落ちたのか」という残念な心情を言い表しているのである。それにも関わらず、彼女は、自らの梅花が華やかに満開したその一時が過ぎ去ったのを惜しむ気持ちを表すために、「早く落ちぬ」にある助動詞「ぬ」を機知的に「にけり」に換えているのである。

「けり」は、

（前略）本来「来アリ」で、動作・状態が過去から継続して現在に存在することをいい、現存の事象についてその存在を強調し――ノダという意味を表わすが、その中のある種のもの――今まで気づかなかったことに今それと気付いて、アアソウダッタノダという気持ちを表す用法が、いわゆる詠嘆の助動詞とよばれるものである（春日政治『西大寺本金光明最勝王経古点の国語学的研究』研究篇、斯道文庫・昭17、二四四～二四六頁）とすれば、「けり」は、「ぬ」の継続存在性、無意無作為性と共通する面をもっているわけで」ある。(注17)という。即ち、清少納言の「答」は単なる目前の情景に相応しい先行作品の一部を即座に引用し、和歌的に応答しただけでなく、彼女なりに原詩の形をくずして、新たに自らの気持ちを込めて詠んでいるのである。このような当意即妙の素晴らしさがあるからこそ、たいへん評価されている理由となるのである。

加えて、このような「落花」への詠嘆において、不意に白居易の名句「落花不語空辞樹　流水無心自入池（落花語はずして空しく樹を辞す　流水心無くして自ら池に入る）」を想起している。人生無常の思いを託した表現として、『和漢朗詠集』の「落花」の部立てに属しているが、公任はじめ当時の知識人に共有の知識であったことは言うまでもない。すると、清少納言がそれに似ている話題「早く落ちにけり」を『枕草子』に編纂して、当時の好尚に応じているのではないかと想像されるし、と同時に、人生無常への思いを表そうとしているのではないかとも考えられるのである。

岸上慎二氏編『枕草子年表』(注18)によれば、この「殿上より」段は「長徳元年正月より翌二年四月以前」の間にあった事実という。この間は歴史の背景としては、「中宮サロンが斜陽へ」を意味する事件が多発した時期でもある。

長徳元年、二月五日関白道隆、辞表を奉る、
　二月二十六日再び辞表を奉る。
　四月三日病により、職を辞す。
　四月十日入道前関白道隆（43）薨。
　七月二十四日内大臣伊周、右大臣道長とは仗座に争う。
長徳二年、二月十一日内大臣伊周・中納言隆家の罪名を明法博士に勘申せしむ。

二月二十五日、中宮、梅壷より職曹司へ、三月四日職曹司より二条の第へ遷る。
四月二十四日内大臣伊周（23）を太宰権帥に、中納言隆家（18）を出雲権守に貶す。

清少納言は過去の盛時を知りながら、中宮定子のお供をして、このような悲運の時代に立ち会っている。その昔日への追念、人生無常への詠嘆はわずか百字足らずであるが、この「殿上より」段を通して示唆しようとしているのではないかと思われる。

四　「空寒《そらさむ》み花にまがへて散る雪に」（一〇二段）

周知のように、金子彦二郎博士の研究（「「白氏文集と日本文学」――主として平安朝の和歌との関係に就て――」）（注19）によって、公任と清女の贈答の出典は『白氏文集巻十四0758　南秦雪』であることが、明らかにされている。それに関しての具体的な分析について、同氏は以下のように述べている。

（前略）公任の和歌が「二月のつごもり、風いたう吹きて……」といふ眼前の景情と「二月山寒少有春」といふ原據たる白詩句の表現との極めて適切恰當せることを讃して、「げに今日のけしきに、いとよく合ひたるを。」と言ひ、「これが本はいかでかつくべからむ。」と瞬時思ひ煩った後、やがてその對句たる「三時雲冷多飛雪。」の詩意を和歌に翻して前記の處置に出で、鈍才的即詠を酬いることによって、計画的宿題を以って挑戦し来った才人公任をして精神的敗北をさへ感ぜしめ、感嘆の餘り「なほ内侍にまをしなさむ。」とまで相議せしめたものと思ふ。（後略）

特に、即座に「三時雲冷多飛雪」を和歌に訳して、当日の天空を表現した清女の上句を高く評価しているのである。

また、池田亀鑑氏は「少納言は、原詩を思い出し、その世界をとり、やがてそれを自家薬籠中のものとした上で、さて『空寒み花にまがへて散る雪に』とつけたのである」と評している。

しかし、清女の「答」が俊賢《としかた》の宰相などに「なほ内侍《ないし》に奏してなさむ」ほど高く評価された理由は、ただ「白詩句をぴったりと翻訳した」、一点だけにあったのであろうか。清女の歌はまったく白詩の翻案だとは言い切れない点がなかろうか。「自家薬籠中のもの」にした後、新たに目指そうとするものは何だったのであろうか。即ち、同じく「雪」を題材にしているが、「雪」の表現の仕方、またはそれによって「雪」に対しての気持ち、さらに「雪」を通して表そうとする意図は異なっていると思われる。

南秦雪

往歳曾為西邑吏
慣従駱口到南秦
三時雲冷多飛雪
二月山寒少有春
我思舊事猶惆悵
君作初行定苦辛
仍頼愁猿寒不叫
若聞猿叫更愁人

南秦の雪

往歳《おうさい》　曾て西邑《さいいふ》の吏と為り、
駱口《らくこう》より南秦《なんしん》に到《いた》るに慣《な》る。
三時　雲冷《くもひやや》かにして　多く雪を飛ばし、
二月　山寒《さむ》うして　春有ること少《すく》なし。
我は舊事《きうじ》を思うて猶ほ惆悵《ちうちやう》す、
君は初行《しよかう》を作《な》して　定《さだ》めて苦辛《くしん》せん。
仍《な》ほ頼《さいはひ》に　愁猿《しうゑん》寒うして叫《さけ》ばず、
若《も》し猿の叫ぶを聞かば　更に人を愁《うれ》へしめん。（注20）

親友・元九（元稹）が監察《かんさつ》御史として蜀の東川に赴任にいく途中、特に駱口《らくこう》から南秦への辺りは、耕作の春と草取りの夏、および収穫の秋の三時にも、雲が冷たくて、鵝毛のような大雪が舞うことが多く、二月になっても山が寒くて、春らしい日がほとんどない。幸いに寒くて猿が悲しげに鳴かないのはまだいいのある。若しこの地で猿の鳴き声を聞けば、君をしてさらに悲しみに沈ませるであろう。元九の初めての旅においての道中の苦労を案じて詠んでいるものである。

タイトルの如く、この詩のポイントは元稹が必ず経由する道——駱口から南秦への辺りの年中降り続く「雪」である。その雪の特徴は、傍線部の第三、四句「三時雲冷多飛雪、二月山寒少有春」によって再現されている。雪が飛んで散乱する日が一年の大半を占めており、春季の二月でも暖かい陽射しはめったに現れない。「多飛雪」と「少有春」と対比して、雪の多い場所であることを表し、「三時」と「二月」は雪が長々と降ることを表している。それ故、親友元九の道中の安全を心配してやまない白居易の気持ちが切々と表されている。

その一方、清女は「雪」を「花」に喩える手法を取って、悪天空を美化している。しかも、「少しうち散りたるほど」の雪の様子を風が吹いて漂う花びらのイメージに同化して、雪の動的な美を再現している。ここで、彼女が描いている雪は、白居易が体験した前途を遮る鵝毛のような厳しい大雪とは質的に異なっており、賞美の対象と見なしているのである。

「雪を花に」または「花を雪に」。比喩の表現として漢詩にも和歌にもよく用いられている。ところで、清女はどうして「雪」を「花」に喩えようとしたのか、その発想を起こさせる源は何か。

まず、容易に考えられるのは、「春」なら「花」、というパターンである。彼女は公任の「少し春の気配がある」の「試問」に応答するため、悩んだすえ、「花」を捉えたのである。

もう一点、「二月」と言えば春、やはり「花」を詠むのである。陰暦の二月は春爛漫たる花の季節である。「唐をはじめ各時代の詩人が詩の篇題や句の中で、「二月」の語を用いるときには、それゆえ特別の感慨が籠められる。桃花・李花・梨花など花々が一斉に咲き、楊柳が緑を添える。燕が泥をくわえて飛び、鶯が鳴き黄蜂や蝶が舞う。この月こそ一年中でもっとも美しい時であるという認識は秋を詠んだ「霜葉紅似二月花」（杜牧『山行』）の

句にも存在している」（注21）。さらに、唐・張敬忠の『邊詞』を挙げれば、

五原春色舊来遅　　五原《ごげん》の春色《しゅんしょく》　舊来《きゅうらい》遅し
二月垂楊未桂レ糸　　二月の垂楊《すいよう》　未だ糸を桂《か》けず
即今河畔氷開日　　即今《そくこん》　河畔《かはん》　氷開く日《ひ》は
正是長安花落時　　正《まさ》に是れ長安　花落つる時（注22）

とあり、辺境の地が二月になったのに、春が遅く訪れることに、ちょうど花が散る春爛漫の季節を迎える長安の都をしのぶ望郷の詩である。

このような中国本土における「二月花」の認識はそのまま日本に伝わっていたのである。勅撰三集に遡れば、『文華秀麗集』〔雑詠〕には、嵯峨天皇御製『河陽花』（注23）がある。

三春二月河陽縣、　　三春二月河陽縣、
河陽従来富於花。　　河陽は従来花に富む。
花落能紅復能白、　　花は落つ能くも紅に復能くも白し、
山嵐頻下萬條斜。　　山の嵐頻りに下して萬條斜なり。

嵯峨天皇の山崎行幸の時の作である。河陽縣は黄河の北にある地で、晋人潘岳が河陽縣（今の河南省孟縣）の縣令となり、縣中に桃花を植えたことで文学上名高い。「三春二月河陽縣」と言っているように、山崎の自然をそのままに詠むのではなく、それを黄河の北の「河陽縣」に見立てて詠んでいることが知られる。（中略）ここでは中国の河陽縣と日本嵯峨朝の山崎の地が全く一つになって詠まれている」（注24）のである。言い換えれば、日本にはない「二月花」の自然を漢詩などを通じて得た知識をそのまま日本漢詩に詠み込んでいるのである。

この嵯峨天皇の御製に近い、やはり河陽の花を題材にした『凌雲集』（注25）の「56　雑言於神泉苑侍讌賦落花

篇應製」には、類似した描写「三陽二月春云半、雑樹衆花咲且散（後略）」が出ている。

『経国集』巻十一雑詠所収、平城天皇の『落梅花』（注26）では、

二月云過半　　二月　云に半ばを過ぎ
梅花始正飛　　梅花　始めて正に飛ぶ
飄颻投暮牖　　飄颻として　暮牖に投じ
散乱払晨扉　　散乱して　晨扉を払ふ
蕚尽陰初薄　　蕚尽きて　陰初めて薄く
英疎馥稍微　　英疎にして　馥稍く微かなり
再陽猶未聴　　再び陽なるは　猶未だ聴かず
誰為惜芳菲　　誰が為にか　芳菲を惜しまん

ただの漠然とした「花」ではなく、「梅花」と特定している。

その他、『千載佳句　上』〔春興〕においては、「緑羅剪作三春柳　紅錦裁成二月花」（沙門奉蚌『思故郷』）の句があり、大江匡房をめぐる説話集『江談《ごうだん》抄』（群書類従本巻四）にある、源順の「春日眺望」の一文「……一行斜雁雲端滅　二月余花野外飛（一行の斜雁雲端に滅え、二月の余花野外に飛ぶ）」が『和漢朗詠集』〔眺望〕に収められている。

右記の例を眺めて、満開になった絢爛たる花の様子を詠んだものより、「落」「散」「飛」の表現がたびたび現れているように、二月が半分過ぎた後の、散り始めた花の姿を捉えた傾向が読み取れる。言い換えれば、二月の「落花」を描く発想はもともと漢詩文にあったと言えようが、この発想を再現したからこそ、清女の「答」が高く評価されたもう一つの理由にもなったのである。

金子氏の分析にあるように、清女が、「公任の和歌が『二月つごもりごろに、風いたう吹きて……』といふ

眼前の景情と『二月山寒少有春』といふ原據たる白詩句の表現との極めて適切恰當せることを」、「げに今日のけしきに、いとよく合ひたるを」と讃している。公任の試問には「二月」が出ていないが、「二月」に相応しい題材を詠まなければならぬは説明不要の決まりである。すると、清女は公任の「少し春ある心地こそすれ」の「試問」に答えるために、「雪を花に」という比喩の手法を取り上げ、さらに眼前の情景「雪少しうち散りたるほど」を再現するために、「花にまがへて散る雪に」に詠み、漢詩文における伝統的な詠み方「二月の落花」を取り入れ、雪の動的な美を表しているのである。

加えて、清女が取り上げた「花」は梅花か桜かについて、議論があるようである。萩谷朴氏は、

「花に紛へて散る雪」とある「花」を、一般通念に従って、「まるで桜の花の散るようでございまして」〈旺文〉というように、桜の花としてしまっては、季節感と齟齬することとなる。王朝歌人の季節感を、そんなに粗雑なものと考えてはならない。やはり、これは、春の遅い年の二月末として、梅の花と解すべきであろう。単に、「花」とのみいった場合にも、桜の花とは限らず、梅の花を指すこともあるのは、『土佐日記』承平五年十八日条に、「風による波の磯には鶯も春もえ知らぬ花のみぞ咲く」とあることによって明らかな事である。桜の落花は、通常の気候においても三月暮春の季節と見るべきである。(注27)

と述べ、「梅花」だと断定している。

また、「散る」という表現を考えれば、片桐洋一氏は、貫之の『古今集』において最初に置かれている「桜」の歌、

人の家に植ゑたりける桜の花咲き始めたりけるをみてよめる　　貫之

今年より　春知りそむる　桜花　散るといふことは　慣らはざらなむ　（春上・四九）

を挙げて、「既にここにおいて「散る」という語が読み込まれ、「散る」ということを桜の習性として「それに習

熟しないでほしい」と言っていることでもわかるように、『古今集』の春部の景物として最も数多く詠まれている「桜」は、まさに「散る物」「惜しまれる物」として詠まれることが一般的だったのである」(注28)。「桜」の習性から「散る」は必然的な表現であると述べている。

その一方、漢詩文では、「二月花」は桃花、梨花など、多種多様な花が一斉に満開になったことを指しているので、特定した花を言っているわけではない。このように考えれば、ここは梅花か桜か、あるいは漠然とした花か、実に定め難いことである。

しかし、この段は前の一〇一段「殿上より」を貫いて、「落花」をテーマにしていることが確かである。前段は「落花」した梅の枝を見て、気が付かないうちに、時が過ぎたことを惜しむ気持ちを表しているし、この段は春らしくない天空の降り続く雪を花散るさまに喩えて、春の兆しや気配を優美に再現しようとしているのである。

おわりに

「男は漢詩、女は仮名文字」。清少納言は女性として、さらに中宮定子の女房として、当時の一流の文人から漢詩文に関わる「試問」を受けて見事に「答」えている。その「答」は殿上人たちに高く評価された末、必ず最後に天皇・中宮様がお聞きになる。これ以上のない最高の効果をもたらすために、作者が前提としての「情景の設定」、「作者側の出題に対しての反応・返答」、「出題側の賛辞・打ち明け」、「天皇・中宮様のお褒めの言葉」の順で「自讃談」の章段を構築しているのである。

その特徴としては、「試問」の内容は「情景の設定」をふまえなければならないとしている点である。清女が不安を抱きながらできた「答」は必ず殿上人たちの好評を受ける。図表にまとめたように、出題の目的とその返事を受ける出題者側の反応については、大抵人物1、多くの時人物2が清女を訪ねる形で登場し、出題者側の一部始終を打ち明ける。最後に天皇中宮様のお褒め言葉をもって締め括るのである。

また、清女のいずれの「答」も彼女なりに智慧を絞った結晶であり、中宮サロンの女房としての責任を果たした証明となる。

①**「草の庵を誰かたづねむ」**は清女の女性としての立場からの和歌的な「答」である。斉信のことをも思っている自分の気持ちを「草の庵」に託して表していると同時に、「誰かたづねむ」を付け加えたことによって、和歌的に展開し、離れた場所に惨めな暮らしを送り、誰かの訪れを待つという典型的な和歌的イメージを以って自分の気持ちを率直に表白した。この点は、身は盧山の麓に左遷されているが、心は常に長安に向いている白居易のこと、さらに清女を「蘭省花時錦帳下」に、自分自身を「盧山夜雨草庵中」に託し、清女への変らぬ思い、一日も早く関係を修復したい、訪ねていきたい気持ちを伝えようとする斉信の状況とは全く異なるのである。

もう一点、清女の「答」はその表し方が絶妙で、中宮サロンと女房としての彼女個人との従属関係をも反映している。即ち、受け取った斉信の「蘭省花時錦帳下」が書いてある立派な「青き薄様」の手紙そのものに、自分のことを意味する「草の庵を誰かたづねむ」の返事を消し炭で書いたことである。斉信が白居易の詩意を通じて、「蘭省花時錦帳下、盧山夜雨草庵中」を以って、距離的に離れている居場所による清女と自分の境遇の違いを言い表している。もし、それが〈点（=斉信）〉と〈点（=清女）〉の関係で詠んだとしたら、清女はそれを絶妙に自分の状況〈=点〉をさす「蘭省花時錦帳下」を面に〈中宮サロン〉にして、自分自身のことをその〈面〉の中に存在する〈点〉として「草の庵を誰かたづねむ」に詠みこんでいる。中宮サロンの絢爛さと自分自身の侘しさ、さらに自分にとって中宮サロンの大切さが一枚の紙面の上に鮮明に呈されている。

②**「早く落ちにけり」**の「答」の特徴1は、柳の緑を愛でる原詩の主題に束縛されず、自由自在に梅に関する

部分を引き出して詠むことである。その2は、「早く落ちぬ」をそのまま引用することをせず、助動詞「ぬ」を「にけり」に換えて、華やかに満開した梅の花が散ってしまったのを惜しむ気持ちを表すことである。中宮サロンの運命をこの「落花」に託して清女は人生無常の意を言い表そうとした。

③「空寒み花にまがへて散る雪に」の「答」は翻案した原詩、白居易の詩句「三時雲冷多飛雪」が描いた厳しい大雪のイメージと異なっている。清女は「雪」を「花」に喩えて、散る雪の姿を吹く風に漂う花びらのイメージと同化させ、舞雪の動的な美を再現している。すなわち、この「答」は、漢詩文における春の季節の象徴「二月花」の発想を生かして、公任の「試問」に附合している。公任は「二月つごもりごろに、風いたう吹きて……」という眼前にある二月の情景を表すために、原拠とした白詩「二月山寒少有春」を生かして、「少し春ある心地こそすれ」を詠んでいる。それに合わせ、さらに春らしい風景を浮き彫りにするために、清女は漢詩文における伝統的な春の詠み方「二月の花」に因んで「雪少しうち散りたる」の情景に適した「花にまがへて散る雪に」を詠んだのである。

注

（1）「草の庵をたれか尋ねむ」からの一年——清少納言と記憶評価の基準」『安田女子大学大学院開設記念論文集』一九九五年三月）

（2）池田亀鑑氏の「大納言公任卿集と枕草子——『草の庵を誰か尋ねむ』考とその他——」『日本文学論纂』所収　明治書院昭和七年六月）。その他、山脇毅氏も（『枕草子本文整理札記』一一六（関西大学文学部内国文学研究室発行　昭和四十一年七月）、萩谷朴氏も（『枕草子解環（二）』同朋社　昭和五十七年三月）、古瀬雅義氏も（「清少納言の返りごと——「草の庵をたれかたづねむ」をめぐって」）『国文学攷』一九九四年九月一四三巻）同様の意見を持っている。

（3）岡田潔「「頭中将のそぞろなるそら言をききて」——斉信と清少納言の応答の際の意識——」（女子聖学院短期大学紀要　一

九九〇年三月　巻二十二）
（4）小森潔「枕草子のコミュニケーション」（『枕草子　逸脱のまなざし』笠間書院　平成十年）
（5）古瀬雅義「清少納言の返りごと――「草の庵をたれかたづねむ」をめぐって」（『国文学攷』一九九四年九月一四三巻）
（6）平岡武夫・今井清篇『白氏文集歌詩索引　下冊』（同朋社　一九八九年十月）
（7）松平黎明会編『松平文庫影印叢書第18巻　漢詩文集編』（新典社　平成九年九月）
（8）小沢正夫等校注『新編日本古典文学全集11　古今和歌集』（小学館　一九九四年十一月）
（9）小町谷照彦校注『新日本古典文学大系　拾遺和歌集』（岩波書店　一九九〇年一月）
（10）片桐洋一校注『新日本古典文学大系　後撰和歌集』（岩波書店　一九九〇年四月）
（11）小林潔「頭中将の、すゞろなるそらごとを聞きて（第七八段）」（『枕草子大事典』勉誠社　平成一三年四月　三一九頁）
（12）「枕草子に影響した内外の先行諸作品」（『国文学　解釈と鑑賞』至文堂　昭和三十一年一月）
（13）『新編日本古典文学全集19　和漢朗詠集　巻上　春柳』（小学館　一九九九年十月）　七〇頁。
（14）黒川洋一等編『中国文学歳時記　春（上）』（同朋社　一九八八年十一月）　一二三頁。
（15）『国史大系　日本紀略』（吉川弘文館　一九六五年五月）
（16）注13に同じ。
（17）松村明（ほか）編『古典語現代語助詞助動詞詳説』（学燈社　昭和四十四年四月）　一一七頁。
（18）「枕草子年表」（『新編日本古典文学全集　枕草子』〔付録〕小学館　一九九七年十一月）による。五二〇頁。
（19）『国語と国文学』（昭和十三年）。また、『平安時代文学と白氏文集――句題和歌・千載佳句研究篇――』に所収（藝林舎
昭和三十年六月）　七八頁。
（20）岡村繁著『新釈漢文大系第99巻　白氏文集三』（明治書院　昭和六十三年七月）　一五三頁。
（21）中島敏夫解『唐詩類苑』（一）（汲古書院　平成二年七月）一四八頁。
（22）黒川洋一等編『中国文学歳時記　春〔上〕』（同朋社　一九八八年十一月）　五頁。

（23）小島憲之校注『日本古典文学大系69　懐風藻　文華秀麗集　本朝文粋』（岩波書店　昭和三十九年六月）二七六頁。
（24）片桐洋一「漢詩の世界と和歌の世界」（『古今和歌集の研究』に所収、明治書院　平成三年十一月）九四頁。
（25）本間洋一編『凌雲集索引』（索引叢書24　和泉書院　一九九一年十二月）三五頁
（26）『新編日本古典文学全集86　日本漢詩集』（小学館　二〇〇二年十一月）八八頁。
（27）『枕草子解環　三』（同朋社　一九八二年十二月）五一五頁。
（28）片桐洋一著『古今和歌集の研究』（明治書院　一九九一年十一月）七頁。

第二章　漢詩文を「誦じる」朗詠の場面

はじめに

朗詠という名義について、高野辰之氏はこのように説明している。

　朗詠は朗吟高唱などに同じ語で、古く文選の遊天台山賦に「凝思幽巖、高詠臨於長川」と説いてある。我が国に於いては、一定の詩文の句を諷唱するを称してかう呼んだが、語義は前引の意に他ならぬ。（注1）

『古事類苑・楽舞部五・朗詠』には朗詠の様式およびそれを取巻く環境について、次のような記述がある。

　「朗詠ハラウヱイト音読ス、和漢ノ詩文中ノ雅趣アル妙句ニ曲節ヲ施シ、琴、琵琶等ニ合セテ、吟唱朗詠スルモノナリ、搢紳又ハ文学ニ志アル者ノミナラズ、遊君白拍子ノ如キモ、宴席ニ於テ之ヲ詠ジ、逐ニ朝家ノ御遊ニモ亦之ヲ用ヰラルルニ至リシガ、鎌倉幕府以後兵亂相踵ギタルヲ以テ、朗詠ハ漸次ニ衰替シテ、唯纔ニ其聲律音調等ヲ、楽家ニノミ傳承スルコトトナレリ、」（注2）

朗詠は、和歌や漢詩の秀句に節をつけて、琴・琵琶などの楽器で伴奏を加えて、高い声で吟ずるものである。貴族や文学を専攻する人々だけでなく、遊君の白拍子のように、宴席において朗詠をする場合もあった。鎌倉幕府以後、戦乱が連続して、朗詠は次第に終止符を打つことになる。その声律音調は楽家によって伝承されている。

眼前にある情景に触発され、高らかに詩文を詠み、情感を叙するのが朗詠の一特徴である。全く平安男性貴族が独壇した歌謡である「朗詠」は『枕草子』ではいかに捉えられているのか。動詞「誦じる」を基準にして、『枕草子』における朗詠場面の特徴、作者が漢詩文を引用する方法について考えてみたい。

一　朗詠に関する場面の確認

『枕草子』には漢詩文を朗詠する場面が十の章段にわたって十一例がある。説明上の便宜のため、まず、漢詩文の典拠を添えて朗詠の場面を引くこととする。

①（前略）有明のいみじう霧りわたりたる庭に（中略）やうやう明けもて行く。「左衛門の陣にまかり見む」とて行けば、我も我もと問ひつぎて行くに、殿上人あまた声して、「なにがし一声秋」と誦してまゐる音すれば、逃げ入り、物など言ふ。「月を見たまひけり」などめでて歌よむもあり。夜も昼も殿上人の絶ゆるをりなし。上達部までまゐりたまふに、おぼろけにいそぐ事なきは、かならずまゐりたまふ。

（七四段「職の御曹司におはしますころ、木立などの」一三一頁）

→池冷《すさま》じくしては　水三伏の夏無し　松高くしては　風一声の秋有り

（『和漢朗詠集』上・夏・納涼・源英明）

②（前略）雨いたう降りて、つれづれなりとて、殿上人、上の御局に召して、御遊びあり。道方の少納言、琵琶、いとめでたし。済政、筝の琴、行義、笛、経房の中将、笙の笛など、おもしろし。ひとわたり遊びて、

琵琶弾きやみたるほどに、大納言殿、「琵琶、声やんで、物語せむとする事おそし」と誦したまへりしに、隠れ臥したりしも起き出でて、「なほ罪はおそろしけれど、物のめでたさは、やむまじ」とて笑はる。

（七七段「御仏名のまたの日」　一三三頁）

→「忽聞水上琵琶声。主人忘帰客不発。尋声暗問弾者誰。琵琶声停欲語遅。」
（『白氏文集』巻十二0603）

③殿上より、梅の花散りたる枝を、「これはいかが」と言ひたるに、ただ、「早く落ちにけり」といらへたれば、その詩を誦じて、…
（一〇一段「殿上より」　二〇八頁）

→大庾嶺《たいゆうれい》の梅は早く落ちぬ　誰か粉粧《ふんさう》を問はん　匡廬山《きゃうろさん》の杏《からもも》は未だ開けず　豈に紅艶《こうえん》を趁《と》めんや
（『和漢朗詠集』上・春・柳・紀長谷雄）

④（前略）果てて、酒飲み、詩誦じなどするに、頭中将斉信の君の、「月秋と期して身いづくか」といふ事をうち出だしたまへりし、はたいみじうめでたし。
（一二九段「故殿の御ために、月ごとの十日」　二四二頁）

→金谷《きんこく》花に酔ふの地　花春毎に匂うて主帰らず　南楼《なんろう》月を嘲《あざけ》るの人《ひと》　月秋《つきあき》と期して身何《いづ》くにか去る
（『本朝文粋』巻十四の菅原文時／『和漢朗詠集』下・懐旧・菅三品）

⑤五月ばかり、月もなういと暗きに、（中略）まめごとなども言ひ合はせてゐたまへるに、「栽ゑてこの君と称す」と誦して、またあつまり来たれば、「殿上にて言ひ期しつる本意もなくては、など帰りたまひぬるぞとあやしうこそありつれ」とのたまへば、「さる事には、何のいらへをかせむ。なかなかならむ。殿上にて言ひののしりつるは、上も聞しめして、興ぜさせおはしましつ」と語る。頭弁もろともに、同じ事をかへす

がへす誦したまひて、いとをかしければ、人々みなとりどりに物など言ひ明かして帰るとても、なほ同じ事をもろ声に誦して、左衛門の陣入《い》るまで聞ゆ。（一三一段「五月ばかり、月もなういと暗きに」二四七頁）

↓晋《しん》の騎兵参軍《きへいさんぐん》王子猷《おうしいう》　栽《う》ゑて此《こ》の君と称す　唐の太子賓客白楽天　愛して吾《わ》が友と為す（『本朝文粋』（巻十二）／『和漢朗詠集』下・竹・藤原篤茂）

⑥（前略）古き所なれば、蜈蚣《むかで》といふ物、日一日落ちかかり、蜂の巣の大きにて、つきあつまりたるなどぞ、いとおそろしき。殿上人日ごとにまゐり、夜もゐ明かして、物言ふを聞きて、「あにはかりきや、太政官の地の、いまやかうの庭とならむ事を」と誦じ出でたりしこそをかしかりしか。（一五五段「故殿の御服のころ」二八四頁）

⑦宵もや過ぎぬらむと思ふほどに、沓の音近う聞ゆれば、あやしと見出だしたるに、時々かやうのをりに、おぼえなく見ゆる人なりけり。（中略）明け暗れのほどに、帰るとて、「雪なにの山に満てり」と誦したるは、いとをかしきものなり。（一七四段「雪のいと高うはあらで」三〇四頁）

↓暁、梁王の苑《その》に入れば、雪群山に満てり　夜庾公《ゆうこう》の楼に登れば、月千里に明らかなり（『和漢朗詠集』上・冬・雪・白賦）

⑧大路近なる所にて聞けば、車に乗りたる人の、有明のをかしきに簾あげて、「遊子なほ残りの月に行く」といふ詩を、声よくて誦したるもをかし。（一八五段「大路近なる所にて聞けば」三二三頁）

↓佳人尽《ことごと》く晨粧を飾る　魏宮に鐘動く　遊子猶ほ残月《ざんげつ》に行く　函谷《かんこく》に鶏《にわとり》鳴く

（『和歌朗詠集』下・暁・〈賈嵩〉）

⑨（前略）月の影のはしたなさに、うしろざまにすべり入るを、常に引き寄せ、あらはになされてわぶるもをかし。「凛々として氷鋪けり」といふことを、かへすがへす誦しておはするは、いみじうをかしうて、夜一夜もありかまほしきに、行く所の近うなるも、くちをし。

（二八三段「十二月二十四日、宮の御仏名の」　四三七頁）

↓秦甸《しんでん》の一千余里《いっせんより》　凛凛として氷鋪《し》けり　漢家の三十六宮　澄々《ちょうちょう》として粉餝《ふんかざ》れり

（『和漢朗詠集』上・秋・十五夜〈公乗億〉）

⑩大納言殿まゐりたまひて、文の事など奏したまふに、例の、夜いたくふけぬれば、（中略）長女が童の、鶏をとらへ持て来て、「あしたに里へ持て行かむ」と言ひて隠しおきたりける、いかがしけむ、犬見つけて追ひければ、廊の間木に逃げ入りて、おそろしう鳴きののしるに、皆人起きなどしぬなり。上もうちおどろかせたまひて、「いかでありつる鶏ぞ」などたづねさせたまふに、大納言殿の、a「声明王のねぶりをおどろかす」といふことを、高ううち出だしたまへる、めでたうをかしきに、

（二九三段「大納言殿まゐりたまひて」　四四七頁）

↓鶏人《けいじん》暁《あかつき》に唱《とな》ふ　声明王の眠りを驚かす　鳧鐘《ふしょう》夜鳴る　響《ひびき》暗天《あんてん》の聴きを徹《てっ》す

（『和漢朗詠集』下・禁中・都良香）

またの夜は、夜のおとどにまゐらせたまひぬ。夜中ばかりに、廊に出でて人呼べば、「下るるか。いで、送

らむ」とのたまへば、裳、唐衣は屏風にうちかけて行くに、月のいみじう明かく、御直衣のいと白う見ゆるに、指貫を長う踏みしだきて、袖をひかへて、「倒るな」と言ひておはするままに、b「遊子なほ残りの月に行く」と誦したまへる、またいみじうめでたし。（同右）

→⑧に同じ。

白居易の『琵琶行』の詩句を引いた②と、出典未詳の⑥「あにはかりきや、太政官の地の、いまやかうの庭とならむ事を」を除けば、『和歌朗詠集』にそれぞれの典拠が見られる。これらの朗詠の場面を眺めて、以下のような三点の特徴が考えられよう。

1、時間の設定は、夜か明け方の静かな時が多い。

①の「有明のいみじう霧りわたりたる庭に」、⑤の「五月ばかり、月もなういと暗きに」、⑦の「明け暗れのほどに」、⑧の「有明のをかしきに簾あげて」、⑨の「月の影のはしたなさに」、⑩のa「夜いたくふけぬれば」、b「月のいみじう明かく」とあるように、多くの場合、月の様子を描くのが欠かせない要素として伴っている。あたりが静かになった時は、「朗詠」そのものの素晴らしさが一層引き立つからなのであろう。

2、殿上人がグループで登場して一斉に朗詠する。

①「なにがし一声秋」は殿上人たちが左衛門の陣を出て、中宮様がお泊りになった職の御曹司に向かってくる途中、朗詠した一節であるが、「殿上人あまた声して」という表現でたくさんの人、さまざまな声が高低起伏している様態が呈されている。⑤「栽ゑてこの君と称す」は「おい、この君にこそ」という清女の機智の答えに驚いて逃げた殿上人たちが再び職の御曹司にやってきた時に、吟じた王徽之の逸話をふまえた藤原篤茂の詩文の一節である。清女の答えを褒めて帰る時も、「頭弁もろともに、同じ事をかへすがへす誦して、左衛門の陣入るま

で聞ゆ」と殿上人の朗詠の様子を描いている。同じ句を繰り返して朗詠し、その声々が左衛門の陣のような遠いところからも伝わってくるという。この二例に出ている「あまた声」や「かへすがへす誦して」の表現をとおして、殿上人たちは文化の雰囲気が豊かな中宮サロンに興味や関心を寄せ、生き生きと交流した有様が再現されている。

3、個人の場合は、漢才に秀でた大納言伊周が三例（②⑩のa、b）、頭中将斎信君が一例（④）、氏名不詳の男性が三例（⑦⑧⑨）である。

道隆一家の繁栄の極まりを最も象徴する「清涼殿の丑寅の隅の」段では、一条天皇、中宮定子、大納言伊周三人を構図の中心としたお昼の華やかな場面を捉えている。その場で、伊周が「月も日もかはりゆけども久に経るみむろの山の」という、いつまでも変わらぬ宮中を讃える古歌を誦している。例⑩「大納言まゐりたまひて」は、夜の場面であるが、主なメンバーはやはり一条天皇、中宮定子、大納言伊周の三人である。このとき、伊周は漢詩文の一節「声明王のねぶりをおどろかす」を朗詠し、明王を一条天皇に喩えて讃えている。作者が最高の賛辞「高うち出だしたまへる、めでたうをかしきに」を用いて、漢才が溢れる伊周のことを褒め称えて、続いて、後半の、伊周が「遊子なほ残りの月に行く」を誦じた時も、作者はまた最高の賛辞「いみじうめでたし」を繰り返している。にもかかわらず、さらに「御直衣のいと白う見ゆるに、指貫を長う踏みしだきて、袖をひかへて」という立派な姿に関する描写も加わっている。一向に若い伊周の溢れる漢才に対して清女が傾倒ぶりを示しているのである。

田畑千恵子氏は「枕草子・藤原斉信関係章段の位相――「故殿の御服のころ」「故殿の御ために」の段を中心に」では、

前記章段において、中宮サロンの繁栄を保証し、また証明する存在として場面の中心を占めたのは、道隆であり、伊周であった。（中略）現実には衰退のきざしをみせる中宮サロンの「めでたさ」を描く作者の用いた方法は、頭中将として身近にあった、美貌で才芸秀れた斉信を、素材として用い、前記章段のスタイルを踏襲しつつ、彼を中関白家側の人物として仮構し、文脈に取り込むことであった。（注3）

と述べて、頭中将は伊周に代わる存在として後半章段における第一重要な人物として登場していると指摘している。確かに、斉信が伊周を除く唯一の朗詠者であると明白に取り上げた点から考えても、清女が斉信のことを極めて重要視していることがうかがえる。

清女は斉信の特有の誦じ方に魅了されている。一度、一条天皇に「詩をいとをかしう誦じはべるものを。『蕭会稽が古廟を過ぎし』なども、誰か言ひはべらむとする。しばしならでも候へかし。くちをしきに」（一五五段「故殿の御服のころ」）と、斉信を参議にさせないようとお願い申し上げたことがあった。清女がしばらく斉信の朗詠を聞かないと、寂しくて物足りない感じがするというのである。

そして、例④における斉信の朗詠についてどのように理解すればよいか。再び、田畑千恵子氏の説を引くと、

斉信が朗詠するのは謙徳公（伊尹）の、父母に対する報恩願文である。道隆追善供養という場の論理、また亡き親に対する謝恩の表明というこの願文の内容からみれば、本来要請されるのは伊周自身の願文あるいは朗詠である。文脈に於ける斉信の位置は伊周の不在を埋めるものとして、しかし結果的には不在を意識させるものとしてある。（注4）

という。

枕草子では、朗詠者の氏名を明白に提示したのは伊周と斉信の二人だけである。「伊周から斉信に」というパターンがうかがえる。それはまさに田畑千恵子氏が指摘したように、これは変らぬ「中宮サロンの繁栄」を賛美する意図を表すため、作者が用いた方法である。

一方、氏名不詳の「男」が朗詠した例⑦⑧⑨がある。その共通した特徴は、目の前の月や雪のような明るい、純白とした風景に触発されて、漢詩文の一節を吟誦することである。⑦「雪なにの山に満てり」は、大雪の日の朝方に女房たちと一夜話を交わした男が帰ろうとする時に詠んだものであって、⑧は男が明月の夜に車に乗って前に進む時、風流に「遊子なほ残りの月に行く」を朗詠した場面である。⑨「凜々として氷鋪けり」は十二月の雪の後、つららが長く垂れ下がっている真冬の情景を眺めて吟誦したものである。

個人の朗詠の場面においても、「声よく誦したるもをかし」⑻、「かへすがへす誦しておはするは」⑼、「高ううち出だしたまへる」⑽などの表現が繰り返されている。「声」の高らかさ、何度も吟味する姿勢が、殿上人たちがグループとして登場した場面と同様に、不可欠な要素として特に強調されているようである。

二　漢詩文の引用とその表現効果

さて、以下は、①「なにがし一声秋」②「琵琶、声やんで、物語りせむとすること遅し」④「月秋と期して身いづくか」⑦「雪、某の山に満てり」⑧「遊子なほ残りの月に行く」⑨「凜々として氷鋪けり」⑩「声明王のねぶりをおどろかす」の詩句について、1、漢詩文の意味を変えず、その場面の様態、その場における人々の心境を直接に表現すること、2、元の漢詩の意味を変えて引用すること、3、「なにがし」「なに」で漢詩文の一部分をぼかすこと、という三つの方面から考えたい。つまり、それぞれの詩句がいかに捉えられているか、その場面の情景をいかに反映し、どのような表現効果が生じたか、作者の意図は何かについてである。

1、漢詩文の意味を変えず、その場面の様態、その場における人々の心境をタイミングよく、表現すること。

④「月秋と期して身いづくか」について――

長徳元年（九九五）四月十日に藤原道隆が薨じた後、一年の間、毎月十日に忌日法要を中宮は営まれた。九月十日の法要が職の御曹司で行われたが、上達部・殿上人などが大勢加わった。清範が講師で、その説く言葉が誠に悲しくてしみじみと胸を打つので、格別に物のはかなさなどを感じそうにもない若い女房たちも、皆感泣したようである。法要が終わって、法楽の宴席となると、頭中将斉信が即興に菅原文時《すがわらのふみとき》の詩句「月秋と期して身いづくか」を誦じて、実に素晴らしいことである。

菅原文時の「金谷《きんこく》花に酔《ゑ》ふの地　花春毎に匂《にほ》うて主帰《しゅかへ》らず　南楼《なんろう》　月を嘲《あざけ》るの人　月秋と期して身何《いづ》くにか去《さ》る　況んや寵深き者は思ひ又深く　栄甚しき者は畏れ又甚しきをや」（金谷酔花之地、花毎春匂而主不帰。南楼嘲月之人、月與秋期而身何去。况寵深者思又深、栄甚者畏又甚）（本朝文粋・巻十四）（注5）は、花と月は毎年同じように巡り会えるけれども、花の主人、月を鑑賞した人間がいったん世を去れば二度と戻ってこない、人間の生命が定め難いものだとの意である。斉信が誦じた「月秋と期して身いづくか」と前半の「花春毎に匂《にほ》うて主帰《しゅかへ》らず」とは照応になっている。

本当なら斉信が言いたかったのは「主帰らず」であろう。秋の季節に合わせるためにあえて後者の「月秋と期して身いづくか」を選択したと思われる。しかし、在席の人々がそれをきっかけに、前句の「主帰らず」を思い起こして悲しみが極まる。斉信の朗詠は中宮にとって、亡父道隆によせる自己の心情を代弁してくれたものとなり、自己を中関白道隆の「寵深き者」として、またそれゆえ身に余るほどの「栄甚しき者」として位置づけることによって、道隆の恩を忘れぬこと――中宮に変らぬ忠誠を尽くすことを示そうとしたものとなる。

⑩「声、明王の眠《ねぶり》を驚かす」について――

大納言伊周が上御局に参上なさって、漢籍の御進講が夜更けまで続いている。午前二、三時頃になって、一条天皇が柱に寄りかかったまま、うとうとお眠りになる。その時、長女の召使の童女が明日実家に持ち帰ろうと隠していた鶏が犬に見つけられ、追いかけられて、廊下の長押の上に逃げ込み鳴き騒いだので、寝ていた人皆が起きてしまった。主上も目を覚まされて「なぜ鶏がこんな所に」などお尋ねなさった時、伊周は都良香《みやこよしか》の「漏刻」の一節「声、明王の眠を驚かす」を高らかに吟じた。一条天皇も中宮定子も「いみじきをりのことかな」と褒め称えていらっしゃる。

都良香《みやこのよしか》の「漏刻」の一節「鶏人暁唱、声驚明王之眠。鳧鐘夜鳴、響徹暗天之聴」（鶏人《けいじん》暁に唱《とな》ふ　声《こゑ》明王の眠《ねむ》りを驚かす　鳧鐘《ふしょう》夜鳴る　響《ひびき》暗天《あんてん》の聴きを徹《てつ》す）について、金子元臣氏の解釈によれば、「鶏人、暁の至れることを唱へ知らする時は、夙夜民政に勤み給ふ明王は、為に朝寝し給ふことなく、又かの深夜に時を告ぐる鐘の声は、暗中にも鳴り響きて、人の怠りを戒むるも、皆この漏刻の効なりとなり」（注6）という。朝寝をせず、民政のために勤勉に政務を執る帝王を称える語句である。伊周がこれを借りて一条天皇を「明王」に喩え、一条天皇を称えているわけである。

2、漢詩の意味を変えて引用すること。

②「琵琶、声やんで、物語りせむとすること遅し」について――

雨がひどく降る日、鬱陶しい中、殿上人たちを中宮定子がおられる弘徽殿の上の御局に召して、管絃の演奏をしたりする。一曲奏して、琵琶を弾き止めたところで、大納言殿は白楽天の『琵琶行』の詩句の一節「琵琶、声やんで、物語りせむとすること遅し」を引用した。演奏がやんだ一瞬をつかんで、これから皆でどの話題を取り組もうかと提案している。この即興的な発言はその場にいる人々の思いを絶妙に代弁しているのである。

しかし、同じ「語る」であるが、「欲語遅」と「物語りせむとすること遅し」は意味的に微妙な違いがある。

白詩は、琵琶の演奏者（琵琶女）が悲しい思いの詰っている自らの身の上のことを訴えたいが、どこから先に語ればよいか苦しく悩む心境を「欲語遅」を通して表している。ところで、伊周は、演奏が止んだ直後と次の行動が始まる直前を情趣的に繋ぐために、この詩句を引用しているのである。演奏の後には、何を話そうかという新たな話題に転換する、空気が一瞬に止まった静かな状態を、機智にこの詩句を借りてぴったりと表現している。この引用によって、その場の雰囲気を和ませる効果が生じているのである。

伊周は「演奏」と「語る」という二つの動作を情趣的に繋ぐために、白詩の「欲語遅」の中身をカットして引用したのである。

⑨「凛々として氷鋪けり」について――

陰暦十二月二四日、何日も降り続いた雪がやんだ夜。風などがひどく吹いて、つららが長く下がっている。見渡せば、地の上も屋根の上も一面に白く、有明の月が影もなく輝いている。純白に包まれた美しい風景を背景にして、車の中に男女二人が寄り添って乗りまわっている。月光が車の奥まで差し込んで、女の華麗な着物が重ね重ねして、艶やかで、昼より一層美しく引き立っている。男は漢詩「凛々として氷鋪けり」を繰り返して誦ずる。「凛々」は寒さなどが身に沁みる状況を表し、「氷」はこの場面では「つらら」を意味するであろう。「凛々として氷鋪けり」は寒々とした冬の風景に相応しい詩句である。

この句の典拠、「秦甸の一千余里、凛々として氷鋪けり、漢家の三十六宮、澄々として粉餝れり」（「秦甸之一千余里、凛々氷鋪。漢家之三十六宮、澄々粉餝」）は、『和漢朗詠集』「十五夜付月」に収められている。意味としては、「都長安をめぐる一千里の土地は、八月十五夜の月に照らされて、氷を敷きつめたようにさやかに輝きわたり、漢代にあった三十六の宮殿のあたりも、白粉で飾ったように澄んだ月光に照らし出されている」。つまり、仲秋の名月に照らされた都長安の冷え冷えとした美しい夜景を描く詩句である。ところで、清少納言が仲秋の句という時間の概念を排除して、元の漢詩文における比喩として用いた部分をそのまま引いて、直接に十二月の冬の明月の夜を表現しているのである。

3、「なにがし」「なに」で漢詩文の一部分をぼかすこと。

①「なにがし一声秋」について――

藤原道隆が薨じて（長徳元年四月十日）、三年目を迎える年（長徳三年）の六月二十二日に、中宮定子は職曹司に遷御されている。居場所は変わっているが、中宮職を訪れる上達部・殿上人は依然として多かったのである。

陰暦十六日以後のある日、有明の月のころ、女房たちが当たり一面に霧が立ちわたっている庭に下りて逍遥する。それをお聞きになった中宮様も起きていらっしゃる。「左衛門の陣にいってみましょう」と清女が提案して、他の女房も「行く、行く」と応じている。その時に殿上人が大勢に大きい声で「なにがし一声秋」と吟じて、こちらに向かっている。女房と殿上人たちが話しているうちに「月を見ていらっしゃったのですね」と歌なんかを詠む人もいった。

殿上人たちが吟じた「なにがし一声秋」は『和漢朗詠集』上巻「納涼」の部に収められた、源英明の「池冷水無三伏夏。松高風有一声秋」の後半である。「なにがし」で「松高風有」をぼかしている。しかし、どうして清女が「松高風有」の部分を不確定代名詞「なにがし」に直そうとしたのであろうか。

まず、元の「池冷《すさま》じくしては水三伏《みづさんふく》の夏無し　松高くしては風一声《いっせい》の秋有り」（「池冷水無三伏夏。松高風有一声秋」）は、「池の面には肌寒いほどの風が吹き、そのためにこの水辺には夏の炎暑も感じられない。また、松の梢が高いので、そこを吹き過ぎる風からは秋の訪れを告げるさわやかな響きが伝わってくる。池のほとりの樹陰で炎暑を避け、涼しさに一息ついている風情」をうたっている。

『枕草子』におけるこの段の時期については、萩谷　朴氏は、

有明の月が見られるということは、月の下旬である事を示している。だからこの史実が、長徳三年六月の下旬、二十五日立秋に近い日と推定される。長徳三年の夏至は五月十日、それ以後第三の庚の日が六月七日の初伏、一七日が中伏、六月二十五日立秋以後の最初の庚の日即ち二十七日が末伏であった。湿気も湿度も高い三伏の候で、気温の急激に低下する夜明け前には霧が立ちこめるわけである。(注7)

と説明している。しかし、この段における「なにがし一声秋」は「納涼」の意味は薄く、「月を観賞する」意味が濃いように思われる。

月が霧に覆われて、女房たちが一晩中寝ずに庭で逍遥したり、風流な事をしたりしたが、それは「納涼」のためではなく、月を観賞するためである。なぜなら、殿上人たちが職に入って、女房たちに関心を表した言葉、「月を御覧になったのですね」によって示されているからである。だから、清女は「一声秋」三つ文字を取って、有明の月を観賞したという風流の出来事と関連して強調したかったのであろう。要するに、「なにがし一声秋」を通じて、殿上人と中宮定子の女房たちが共通した風流の心、ここは「月を鑑賞する」情趣を持っていることを作者が言外に言い表そうとしているのである。

②「雪なにの山に満てり」――

大雪の夕方に、二、三人の女房が火桶を囲んで物語などをしたりする。時間が経つにつれて外も暗くなり、中の火も徐々に消えていく。周りが雪の光に照らされてつややかである。夜中が過ぎると、足音が聞こえる。時々、この頃になると思いがけない男が現れる。「今日の雪をどうご覧になりますか。何かの事で」…昼あったことなどをはじめ、あれもこれも話す。円座を出したら、片足は下げたままで、鐘の音が聞こえるまで飽かずに話が続く。空が薄く明けた時、男が帰ろうと言って、「雪なにの山に満てり」と誦じて、たいへん風情がある。

「雪なにの山に満てり」は『和漢朗詠集』の「雪」部に収められた「暁梁王の苑に入れば　雪群山に満てり　夜庾公の楼に登れば　月千里に明らかなり」（「暁入梁王之苑、雪満群山。夜登庾公之楼、月明千里」）による。見渡す限り雪の世界を表現する句として、清女はそれを引用しているが、ただし「群山」の部分を「なにの山」にぼかしている。

「満群山」について、金子元臣氏（注8）は、「梁王の兎園に、終南山、五臺山等の名高き山を築きて、観望の趣を極めたるが故に、満群山といへり」と説明している。即ち、ここは作者が梁王の兎園にある終南山、五臺山などの名高い山を知りながら具体的に言わず、わざと省いているのである。というのは、「何でふ事にさはりて」や「「けふ来む」などやうの筋」「昼ありつる事どもなどうちはじめて、よろづの事を言ふ」などの捉え方と合わせて考えると、この段の、具体性を省いて概略に述べる傾向が見える。つまり、女房たちと来訪者の話の内容はともかく、「大雪」の一夜における男女交際の情緒的、優雅な一コマを描くのがこの段の趣旨である。

同じ趣旨を反映した「宮仕へ人の里なども」段では、

有明などは、ましていとめでたし。笛など吹きて出でぬるなごりは、急ぎても寝られず。人のうへどもいひ合はせて、歌など語りきくままに、寝入りぬるこそ、をかしけれ。（三〇一頁）

の描写がある。有明の暁の頃に、月が辺りを照らして、男たちが女房たちの所を離れて笛を吹きながら帰る場面である。男女交際という風流な行いを明月の光に照らされた清明の世界に嵌め込んで、情緒的に捉えているのである。

雪、月光は清女の好む情景である。しかし、彼女は単にその情景のみを捉えず、それに男女交際という人事の行いを加えている。それゆえ、「雪なにの山に満てり」のように、雪の一色の情景こそが必要な条件であって、具体的な山々の部分は排除されてしまったのであろう。

おわりに

清女は「朗詠」を静かな真夜中か暁の、明月のある情景に嵌め込み、聴覚と視覚を融合した絵画的な美を創り出している。男女交際、男女逢瀬などの場面に託して、高らかに繰り返して吟朗する声はまるで空を透き通るようである。また、清女は男性貴族が独擅した文藝「朗詠」を傾聴してただ一筋に歎美している。殿上人たちが意気揚揚と中宮サロンへ集まり、またはそこを離れる時の場面々々が印象的であり、漢才の溢れる伊周、斉信の「朗詠」はさらに一段と素晴らしいことである。よって、「中宮サロンの繁栄」を讃美する目的を貫くことが出来たわけである。

朗詠された漢詩文の引用手法については、原典の意味を変えず直接に引くこと、原典の意味をそのまま取らず都合よく引くこと、「なにがし」「なに」などの不定代名詞でぼかすこと、という三点から考えてみた。

斉信は、菅三品の手になる、謙徳公(伊尹)の父母に対する報恩願文(本朝文粋・巻十四)の一文「月秋と期して身いづくか」を誦じて、中宮を代弁して亡き父道隆を追想する心情を表明している。伊周は、都良香詩の一節「(鶏人暁に唱ふ)声明王の眠りを驚かす」を引いて、鶏の騒ぎで眠りから目覚めた一条天皇のことを明王に喩えて褒め称えている。この二例は原詩を変えずそのままに引用したものとして読み取っている。

演奏した後、話をはじめようとする束の間に、伊周は白楽天の『琵琶行』の一節「琵琶、声やんで、物語りせむとすること遅し」を詠んで、演奏が止んだ行いとこれから語り合う寸時を情趣的に繋いでいる。この情趣さを引き立てるために、白詩本来持っている琵琶女の語り難い身の上の悲しみに関する内容をカットしているのである。そして「凛々として氷鋪けり」はもともと十五夜の月に照らされた都長安の冷え冷えとした美しい夜景を表現する一節であるが、清女は原典の時間の概念を排除して、それを直接に十二月冬の月夜に形容しているのである。この二例は原典をそのままに取らず、眼前の雰囲気や情景に合わせて都合よく引用したものとして見られる。

「なにがし一声秋」「雪なにの山に満てり」では不定代名詞「なにがし」「なに」を用いている。前者は、「納涼」の意を表する源英明の「池冷水無三伏夏。松高風有一声秋」詩句にある「松高風有」四文字を「なにがし」にぼかして、秋の夜の「月見」の主題に変更している。後者は、雪の艶やかに照らされた清明の世界における男女交際の情趣深さを描くために取り上げたものであるため、原詩「雪群山に満てり」の「群山」が不必要条件としてぼかされているのである。

注

（1）高野辰之「朗詠の研究」（『日本文学講座・第五巻　平安時代　下』所収　新潮社　昭和九年十月）
（2）『古事類苑・楽舞部五・朗詠』二六五頁。
（3）田畑千恵子氏「枕草子・藤原斉信関係章段の位相――「故殿の御服のころ」「故殿の御ために」の段を中心に」（『中古文学論攷』第4号　昭和五十八年十二月）
（4）田畑千恵子氏「枕草子日記的章段の賛美の構造――朗詠と伊周をめぐって――」（『中古文学論攷』巻六　一九八五年十月）の注（12）による。
（5）柿村重松著『本朝文粋註釋　下』一〇一三頁。
（6）江見清風校注『和漢朗詠集』（明治書院　昭和十七年一月）三二八頁。
（7）萩谷朴校注『日本古典文学集成　上』一五六頁の注2による。

（8）注6に同じ。一三一頁。

初出一覧

はじめに（書き下ろし）

第Ⅰ部　木・草・鳥・虫

第一章　「木・草・鳥・虫」と漢詩文
――「木の花は」段の「梨の花」条を中心にして――
（浜口俊裕　古瀬雅義編『枕草子の新研究――作品の世界を考える』新典社　二〇〇六年五月）

第二章　「木の花は」段における「桐の木の花」条
――李嶠の『桐』詩などにかかわって――
（『広島女学院大学大学院言語文化論叢』第7号　二〇〇四年三月）

第三章　「ほととぎす」を通してみた清少納言の情
――『古今和歌集』における「ほととぎす」の歌と比較して――
（『日本言語與文化―孫宗光先生喜寿記念文集』北京大学出版社　二〇〇三年十二月）

第四章　「ほととぎす」を通してみた清少納言の情
――漢詩文における「杜鵑」と比較して――
（書き下ろし）

第Ⅱ部　平安時代の夜の音の風景

第一章　「夜まさりするもの」段における「琴の声」

　　　　——白居易の『清夜琴興』詩などを通して——

　　　　（『日本文藝学』四十号　二〇〇四年二月）

第二章　清少納言の音・声への美意識
　　　　——「しのびやか（に・なる）」をめぐって——

　　　　（『広島女学院大学大学院言語文化論叢』第5号　二〇〇二年三月）

　　　　本論文は「国文学年次別論文集」（平成十四年版中古分冊）、論説資料保存会の「日本語学論説資料」（第39号）に所収。

第三章　「末摘花」巻における琴を「ほのかに掻き鳴らし」

　　　　——『うつほ物語』の「俊蔭」巻と比較して——

　　　　（『広島女学院大学大学院言語文化論叢』第8号　二〇〇五年三月）

第四章　漢籍における「かすか（な）」音・声
　　　　——白居易の『琵琶行』を中心にして——

　　　　（書き下ろし）

第Ⅲ部　定子サロンと漢詩文

第一章　清少納言の「答」
　――「自讃談」にかかわる章段を中心にして――
一　「自讃談」にかかわる章段の構成
（書き下ろし）
二　「草の庵を誰かたづねむ」（七八段）
（『二〇〇七年上海外国語大学日本学研究国際シンポジウム記念論文集』上海外語大学教育出版社
二〇〇七年十二月）
三　「早く落ちにけり」（一〇一段）
（書き下ろし）
四　「空寒み花にまがへて散る雪に」（一〇二段）
（書き下ろし）
第二章　漢詩文を「誦じる」朗詠の場面
（書き下ろし）

著者紹介：

李　暁梅（LI XIAOMEI）

中国ハルピン市生まれ。

2004年3月　広島女学院大学大学院言語文化研究科博士後期課程修了。
博士（文学）学位を取得。

2004年4月　同大学総合研究所特別専任研究員。

2006年3月　上海同済大学外国語学院日本言語文学科専任講師。

現住所：

上海市宜川路400号A座604室

電話：86-21-13917119248

E-mail: lxiaomei0220@yahoo.co.jp

枕草子と漢籍

2008年3月1日　発　行

著　者　李　　暁　梅

発行者　木　村　逸　司

発行所　株式会社　溪水社

広島市中区小町1－4（〒730-0041）

TEL（082）246－7909

FAX（082）246－7876

E-mail:info@keisui.co.jp

ISBN978－4－87440－993－0　C3095